DU MÊME AUTEUR

Les Fleuristes (nouvelles), Gallimard, 2013

Villes chinoises (nouvelles), Gallimard, 2014 ; prix François-Mauriac de l'Académie française

La Varangue

Virginie Bouyx

La Varangue

roman

Le Pommier

ISBN 978-2-7465-2719-5
Dépôt légal : 2023, août

170 *bis*, boulevard du Montparnasse, 75014 Paris

À ma mère
et à Guillaume

« En même temps que l'eau réapparut, réapparaissaient les saules, les osiers, les prés, les jardins, les fleurs et une certaine raison de vivre. »

Jean GIONO

Andréa

Andréa referma avec négligence la porte de l'appartement. Un geste indescriptible qui faisait prétendre à Constance, lorsqu'ils vivaient encore ensemble, qu'il n'aurait pas procédé différemment s'il avait voulu la laisser ouverte. Ce geste agaçait Constance, comme, à la fin, la plupart de ce que faisait Andréa, et celui-ci se demandait parfois s'il n'aurait pas dû se méfier, si la crise n'était pas finalement partie de là plus que de toute autre chose, de cette manière dont il ne pouvait se débarrasser de fermer les portes et qu'elle lui reprochait depuis le premier jour.

Il referma donc la porte de l'appartement de la même façon qu'à l'accoutumée, puis il accrocha son blouson à la patère, passa derrière le bar de la cuisine ouverte se laver les mains et termina lourdement sa course sur le canapé avant de se dire qu'il lui faudrait bientôt réfléchir à ce qu'il allait manger. Il rentrait tôt mais malgré l'heure gagnée sur son horaire habituel cette soirée ne différait en rien des précédentes, comme, très certainement, elle ne différerait en rien des suivantes. En y songeant, le jeune homme fut pris d'une de ces crises de mélancolie qui, une ou deux fois par mois, s'abattaient sur lui sans crier gare, s'immisçaient dans chacun des pores de sa peau et entre chacun des méandres de son cerveau pourtant déjà bien encombrés de chiffres et de références de fournitures de bureau.

Faute de mieux et malgré son master en histoire contemporaine, Andréa était depuis deux ans contractuel dans un ministère de second rang où il occupait les fonctions d'agent de logistique. Chaque jour il faisait voyager, d'un bureau à l'autre et dans des parafeurs hors d'âge, devis, bons de commande et factures diverses. À intervalles réguliers, il réceptionnait rames de papier, toners, chemises en carton ou stylos-bille qu'il orientait vers différents services au moyen de courriels stéréotypés et de diables maniés par deux agents proches de la retraite. Il s'occupait également de l'organisation des cocktails et accueillait les prestataires appelés pour repenser l'aménagement et la décoration du bureau à peine refait d'un nouveau secrétaire d'État – les secrétaires d'État, en effet, changeaient souvent. Pour ce travail, il partageait avec trois personnes une petite pièce située à l'extrémité d'un couloir à la peinture écaillée et dont la fenêtre donnait sur une arrière-cour sordide. Le chef de son service, petit gros fuyant, presque une caricature, était le seul titulaire de l'équipe. Deux de ses collègues bénéficiaient comme lui de contrats de trois ans et le troisième changeait régulièrement : il s'agissait d'un poste de vacataire que l'on renouvelait sans cesse et qui par chance n'entrait pas dans le calcul des effectifs. Tous les mois, le Trésor public versait sur le compte d'Andréa, en rétribution de ses bons et loyaux services, un traitement équivalent à celui d'un fonctionnaire de catégorie C qui lui permettait tout juste de régler les frais afférant à la location à une vague cousine d'un petit studio dans l'Est parisien, à ses maigres dépenses courantes ainsi qu'à un ou deux trajets mensuels chez son père qui, depuis le décès de sa mère quinze ans plus tôt, supportait mal la solitude de sa maison sur la côte atlantique.

Dans les moments de désespoir relatif tels que celui qu'il vivait en cette fin d'après-midi, une seule chose pouvait soulager Andréa. Il ne s'agissait pas de se servir un verre, ni plusieurs, encore moins de fumer un joint, mais simplement de se plonger dans la contemplation d'un tableau. Ou, plus précisément, dans le tableau lui-même.

Sans bouger du canapé sur lequel il s'était affalé, il leva donc les yeux vers la toile jadis accrochée dans sa chambre d'enfant et qu'il conservait maintenant sur l'un des murs de ce qui chez lui faisait à la fois office de salon, de cuisine et de chambre à coucher. Le tableau n'était pas si grand, un mètre de long tout au plus et à peu près la moitié de largeur, mais dans l'appartement minuscule il paraissait immense. On y voyait au premier plan, sur la gauche, un véritable fouillis d'arbres et de plantes tropicales – *palmiers nains, filaos, bougainvilliers, fougères, orchidées et hibiscus*... énumérait sa mère en le berçant dans ses bras – et puis cet éventail immense et formidable, comme la roue d'un paon, endémique de Madagascar et que l'on appelle *arbre du voyageur* – un nom qui suffit à faire rêver. Sur la droite, après le tronc énorme d'une essence inconnue, une allée bien entretenue, bordée de palmiers, menant à une maison d'un blanc crème, baignée de soleil et que l'on devinait très vaste malgré la distance. Une maison coloniale, d'architecture créole, avec varangue et lambrequins. À droite de la propriété, derrière l'extrémité d'un plan d'eau couvert de nénuphars, quelques arbres fruitiers – *jacquiers, bananiers, manguiers.* Au loin enfin, des collines basses et bleutées qui se détachaient sur un ciel où les nuages s'amoncelaient, annonçant la pluie, le vent, peut-être l'orage. « Le vent qui fait chanter les palmes », murmurait Nina. D'un chant identique à celui des gouttes d'eau sur le bois de la véranda.

Il ne fallait jamais longtemps au jeune homme pour entrer dans le tableau et s'y abandonner complètement, dans la chaleur du soleil et les parfums de pays lointains. Un jour même, il s'y était presque perdu. C'était peu après la mort de sa mère, ils n'avaient pas eu le temps d'en explorer ensemble tous les recoins, elle ne pouvait plus le guider et, de l'autre côté du bassin, le jeune garçon, se laissant distraire par la logique presque scientifique qu'il pressentait dans l'agencement des plantes, avait manqué ne pas retrouver son chemin. Mais depuis, les lieux lui étaient devenus familiers. Il avait ses habitudes dans le jardin et connaissait les moindres recoins de la villa, tout comme ceux des bâtiments de service dissimulés juste derrière sa masse imposante. L'artiste cependant avait pris soin de laisser çà et là des pistes vers des espaces inviolés que l'on devinait à peine entre les coups de pinceau, de sorte qu'à chacun de ses voyages Andréa était encore susceptible, s'il le souhaitait, de s'engager un peu plus loin, de découvrir un endroit nouveau sans même aller jusqu'à la naissance des collines ni jusqu'aux limites du domaine au-delà desquelles, par une superstition idiote devenue habitude, il ne s'aventurait jamais – il ne s'y aventurait jamais alors qu'il savait pourtant, selon ce que lui en avait dit sa mère lors de l'une de leurs dernières promenades, qu'un peu plus loin vers la gauche, de l'autre côté du cadre, se trouvaient l'océan, les plages et la barrière de corail.

Le jeune homme possédait bien d'autres lieux de promenade, conservés par exemple dans les vieux livres d'art posés sur sa table basse près d'un anthurium aux fleurs d'un rouge éclatant. Il aimait, en particulier, les miniatures persanes, la finesse du dessin des chevaux fougueux et des palais colorés. Et les estampes chinoises et japonaises, fleurs et oiseaux, paysages de montagne et d'eau s'écoulant de ses ouvrages au parfum de grimoires. Tous ces mondes que sa mère lui détaillait autrefois avec la nostalgie des exilés. Pourtant, jamais il n'y avait retrouvé l'atmosphère de la belle demeure de bois blanc et de son luxuriant jardin.

« Pour entrer dans un tableau, lui chuchotait sa mère dans la quiétude de sa chambre d'enfant, il faut y trouver un intérêt particulier. » Et cet *intérêt particulier*, il le ressentait sans peine pour ce monde qu'elle avait peint. Peut-être justement parce qu'*elle* l'avait peint.

Cette toile était quasiment la seule que Nina eut réalisée, et achevée. Ses autres tentatives en la matière s'étaient limitées à quelques natures mortes et à une demi-douzaine de copies vendues aux touristes sur le parvis de Notre-Dame, un jour de déménagement, lorsqu'elle était étudiante. Mais aucune, à la connaissance de son fils, ne représentait un tel paysage. Ce tableau, elle ne pouvait s'en séparer, c'était le plus réussi, il marquait le début de ses rêves et de sa vie d'adulte. Elle l'avait copié à dix-sept ans, peu avant de partir pour Paris, lors d'une exposition temporaire organisée à Rennes près de l'appartement de ses parents. Il figurait parmi toute une série d'œuvres d'artistes des anciennes colonies européennes rescapées d'une collection particulière, mais, inexplicablement, il l'avait frappée plus que les autres et elle était parvenue, avec son sourire en biais, ses grands yeux rieurs et son talent, à amadouer suffisamment le gardien pour venir l'y reproduire aux heures de faible affluence. À mesure qu'elle avançait dans son travail, elle avait été frappée par les chemins de traverse, les petites choses et les odeurs dissimulées, l'air de rien, dans les circonvolutions du jardin et les couloirs de la demeure. « Tu vois, c'est un tableau beaucoup plus riche qu'on ne le pense », disait-elle à son fils une fois leur promenade achevée. Puis elle l'embrassait sur le front, éteignait la lumière et quittait la chambre. Fort de cette certitude partagée, l'enfant s'endormait, ses yeux se refermant doucement sur la date de réalisation de l'œuvre originale – *1863* – et la signature de l'artiste – *F. Liotay* – qui flottaient au bas du tronc gigantesque à la naissance de l'allée. Ce nom, il l'avait, depuis, recherché sur Internet, dans les livres d'histoire de l'art de sa mère et les bibliothèques, sans autre résultat que de vagues renvois à quelques homonymes : Francis Liotay, directeur commercial d'une entreprise spécialisée dans la conception et la fabrication de vannes pour l'industrie, François Liotay, naturaliste décédé – justement – en 1863, un autre François Liotay, professeur à l'université Laval, ou encore Ferdinand Liotay, poète méconnu de la première moitié du dix-neuvième siècle.

Oubliant le bruit des couvercles de poubelles qui retombent et les voix joyeuses résonnant dans la cour de son immeuble parisien, le jeune homme s'engagea sur les graviers, écoutant avec délice les crissements sous ses semelles et le chant des oiseaux se préparant à la nuit. Cela faisait deux semaines, au moins, qu'il n'était pas venu et, à chacun de ses pas, le calme du lieu prenait un peu plus possession de lui. Lorsqu'il vivait avec Constance, il ne pouvait s'abandonner ainsi, et il avait, durant leur relation, délaissé bien trop longtemps le tableau. Cela, il ne pouvait – ni ne voulait – se le permettre. Car ce n'était que lorsqu'il se promenait parmi les essences, ou lorsqu'il pénétrait dans la maison au bout de l'allée, qu'il revivait son enfance trop courte. Et il espérait encore, malgré les années, retrouver sa mère, en raviver un peu plus le souvenir pour l'inscrire enfin dans sa vie d'adulte.

Mais il n'y avait jamais personne, ni dans la maison ni dans le jardin.

Ce soir-là pourtant, alors que le ciel s'assombrissait et que le vent se levait, faisant s'entrechoquer les palmes dans un délicat concert, Andréa aperçut la silhouette d'une jeune fille brune aux pieds nus qui, venant de la limite gauche du cadre, courait se réfugier sous la varangue.

Yoko

Yoko sortit de sa contemplation lorsque la voix de son père, à la porte du salon, se fit plus insistante. Jean-Claude ne haussait jamais le ton mais, ce jour-là, il semblait plus pressé qu'à l'ordinaire. Au-dehors, le ciel s'emplissait de traînées roses et ocre. La jeune fille quitta à regret son fauteuil et le tableau qui lui faisait face, enfila ses sandales, sortit et monta dans la voiture tandis qu'il fermait la maison. Elle avait insisté pour dîner dehors mais n'en ressentait maintenant plus aucune envie. Les yeux rivés sur l'écume blanche des vagues, marquant la limite du lagon qui apparaissait entre les arbres au gré des virages, elle laissa sans un mot le véhicule descendre vers la côte comme pour plonger dans l'océan.

Ils avaient fait le choix de vivre là, sur cette route en lacets bordée de fossés impeccables, à proximité des plages et à quelques mètres du conservatoire botanique de Mascarin. C'est elle qui y avait poussé son père. Après tout, ce dernier devait régulièrement se déplacer, entre Saint-Denis, Saint-Gilles près de chez eux, Saint-Pierre tout au sud de l'île – cela ne faisait donc pas de grande différence, et lorsqu'il partait pour plusieurs jours, elle pouvait si elle le souhaitait loger chez l'une des collègues de Jean-Claude qui habitait non loin de là. Chaque matin, il la conduisait au lycée dont elle revenait en prenant le bus. Un après-midi par semaine, il l'amenait à Saint-Denis pour son cours de japonais – deux heures de conversation et d'écriture avec une vieille fille excentrique, une universitaire débarquée de Kyoto dix ans plus tôt et qui vivait entourée de chats. Après sa leçon, attendant de retrouver son père pour rentrer, Yoko déambulait dans les rues, révisait son bac au bord du bassin du jardin de l'État ou à l'ombre des palmiers et des filaos du Barachois. Elle appréciait ces promenades dans la chaleur humide et lénifiante, et la solitude qu'elle trouvait loin des salles de classe, des couloirs bruyants, de tous ces adolescents qui l'insupportaient. Elle aimait s'allonger sur un banc pour observer le vol des pailles-en-queue, se laisser bercer par le roucoulement des petites tourterelles et le parfum des essences tropicales. Elle aimait ses leçons dans le ronronnement des chats, qui la ramenaient à son enfance, lorsque sa mère, abandonnant un temps ses traductions, s'installait avec elle à la table du salon et lui faisait revoir les cours qu'elle suivait à l'école japonaise tous les samedis matin. Elle aimait surtout la sévérité un peu fantasque de son professeur, les lignes de *kana* et de *kanji* qui la rapprochaient d'origines oubliées, bien au-delà de l'archipel de Hawaii d'où venait sa famille, lui faisant entrevoir tout un arbre de destins entremêlés.

Tout cela n'avait rien à voir avec Paris, son implacable morosité après le décès de Yumi, le métro aux heures de pointe, les regards fatigués et la grisaille sur les trottoirs maculés. Même par mauvais temps, même durant le passage du typhon survenu le deuxième mois de leur arrivée, cette île restait pour elle un paradis. Et petit à petit, depuis bientôt un an, en marchant dans les rues à travers l'écho des phrases en japonais, en nageant au milieu des poissons du lagon ou bien lorsque la nuit venue elle se laissait flotter sur le dos dans la piscine pour s'absorber dans la contemplation du ciel des tropiques, Yoko apprivoisait son chagrin.

Andréa

La vision de la jeune fille avait profondément troublé Andréa, au point qu'il passa une bonne partie de la soirée à essayer d'en retrouver la trace dans chacune des pièces de la maison. Et le lendemain, contrairement à son habitude, il arriva à son bureau avec une demi-heure de retard, tant l'apparition fugitive le préoccupait encore, le contraignant, à peine sorti du lit, à se replonger dans l'allée bordée de palmiers. Mais la jeune fille s'était évaporée sans même laisser un parfum, un souffle sur un voilage ou la trace de son petit pied mouillé sur le sol de la varangue. Sans doute avait-il rêvé : depuis sa plus tendre enfance, s'il faut le répéter, il n'avait jamais croisé quiconque dans la copie de l'œuvre de Liotay, et rien ne permettait de dire qu'il pourrait un jour en être autrement. L'*intérêt particulier* dont parlait sa mère, peu d'autres que lui pouvaient le ressentir pour ce tableau dont il ne restait plus aucune trace nulle part de l'original.

Cette notion d'*intérêt particulier* n'était pas anodine. Andréa avait pu en constater la pertinence des années plus tôt lorsque, après la mort de sa mère et libéré de ses recommandations avisées, il errait dans les toiles des musées où l'amenait parfois sa grand-mère le week-end. La plupart du temps, il s'y retrouvait seul – si l'on excepte bien sûr ceux qui y demeuraient par la simple volonté de leur créateur, personnages de peinture condamnés à ne jamais en sortir. Dans leur immense majorité, les visiteurs étaient en effet parfaitement incapables de se plonger dans une œuvre avec le regard qui convenait à pareil voyage. Simples badauds, professeurs, artistes du dimanche venus examiner chaque coup de pinceau dans l'espoir d'y trouver une quelconque vérité sur ce que l'on appelle le talent... tous se contentaient de rester au bord du cadre, sans se douter de ce qu'ils manquaient. Ou bien de ce à quoi ils échappaient.

Un jour pourtant, Andréa obtint la confirmation qu'il n'était pas complètement fou - parce que après tout il pouvait se poser la question, ne connaissant personne, mis à part sa mère décédée cinq ans plus tôt, qui possédât un don semblable au sien. Au milieu d'un paysage hellénique, il croisa l'un de ses contemporains, coiffé d'une improbable casquette de baseball, qui le regarda farouchement avant de disparaître derrière les colonnes d'un temple antique. Plus tard, devenu adulte, le jeune homme fit l'expérience du danger. Monté à Paris pour ses études, il profitait de son temps libre pour se promener dans les œuvres que Nina, selon lui, avait pu examiner ou dont elle avait pu un jour peindre quelques détails. Et il ne parvenait pas toujours à refréner son envie d'en explorer certaines dont il voyait pourtant bien les pièges. Il manqua ainsi, un samedi matin, se faire piétiner par un cheval dans un tableau de Brueghel et, une autre fois, alors qu'il s'attardait au milieu des personnages de *La Liberté guidant le peuple* que sa mère lui avait pourtant fermement déconseillée par crainte des mouvements de foule, il tomba nez à nez avec le vieux monsieur boudiné qui se trouvait justement, dans la réalité, assis à ses côtés sur une banquette. Entre deux coups de sabre et de fusil, l'homme lui apprit en bombant le torse qu'il était historien et refusa, alors qu'Andréa lui faisait remarquer le caractère périlleux de leur rencontre, de quitter le tableau. Mal lui en prit. Le lendemain, le jeune homme – qui avait trébuché sur un corps, suffoqué dans les odeurs de poudre et échappé de justesse à une balle perdue – apprit, à la lecture d'un journal gratuit dans le métro qui le menait à l'université, le décès d'un certain Dominique Simon, professeur d'histoire à la Sorbonne, auteur d'un ouvrage remarqué sur les Trois Glorieuses, terrassé par un mal inexplicable dans une salle du musée du Louvre alors qu'il contemplait, son carnet de notes à la main, le travail de Delacroix.

Yoko

Yoko sortit du lycée plus morose encore qu'elle n'y était entrée le matin même. Espérer obtenir une réponse à ses interrogations en questionnant son professeur d'histoire-géographie était une folie et, pourtant, elle n'avait pu s'en empêcher. S'il prenait ses paroles au sérieux, son père serait convoqué, on allait lui raconter qu'elle était dérangée, peut-être rentreraient-ils en vitesse à Paris. Elle ne savait pas si elle était parvenue à rester suffisamment vague pour détourner les soupçons. Se rendant compte assez rapidement que l'homme ne la comprenait pas et repensant au destin des lieux représentés dans le tableau de leur salon, elle s'était perdue en demandes d'explications sur la montée du niveau de la mer – ce à quoi l'enseignant avait répondu, après consultation de son smartphone, par une liste assez succincte de références qu'elle connaissait déjà pour les avoir elle-même trouvées. Quant à savoir si l'on pouvait s'abandonner dans une toile, un dessin, une photographie ou toute autre image au point d'y entrer réellement... Il avait levé les yeux au ciel tandis qu'un peu ennuyée elle murmurait qu'elle plaisantait, qu'elle voulait simplement dire qu'il serait bien que les endroits disparus, ou condamnés à disparaître, soient fixés à jamais pour que l'on puisse à nouveau les explorer. Cela lui paraissait encore plus incongru que sa question initiale, mais l'homme s'était lancé tête baissée sur un sujet qu'il maîtrisait à peu près et qui avait depuis peu les honneurs de la télévision : les modélisations en trois dimensions de Palmyre et d'autres sites d'importance, certaines d'ailleurs réalisées désormais par une *start-up* française. « Je vais vous trouver leur site », avait-il déclaré en se replongeant dans son téléphone dernier cri – la seule chose dans laquelle tant de gens pouvaient encore s'abandonner, jusque sur cette île où l'on vivait pourtant environné de nature, avait songé Yoko en se disant avec la fierté et le mépris des adolescents que de telles pensées n'étaient pas habituelles chez une jeune fille de son âge et de sa génération. Quoi qu'il en soit, l'enseignant ne répondait pas à sa question et elle ne se risquerait pas à interroger le professeur de français, plus tourné vers la poésie, ni celui d'arts plastiques bien qu'il lui semblât suffisamment farfelu pour l'écouter sans trop s'inquiéter. Peut-être échapperait-elle ainsi à l'internement d'office.

Son sac sur l'épaule, laissant derrière elle la cour déjà désertée par ses camarades, elle reprit soudain confiance et s'élança dans l'air moite pour rejoindre l'arrêt de bus. Elle se sentait impatiente de se retrouver seule après le dîner devant le tableau tandis que son père, qui cessait enfin de l'observer comme il le faisait les mois suivant le décès de sa mère, s'enfermerait pour travailler dans son bureau. Et le lendemain, profitant de son passage à Saint-Denis chez la vieille Japonaise, elle tenterait une incursion dans la grande librairie de la rue Victor-Mac-Auliffe pour voir si elle n'y trouverait pas, qui sait, un ouvrage sur le pouvoir de l'art. Elle n'avait rien déniché sur le Net à ce sujet, pas même sur les forums alimentés par toute une série d'allumés. Pourtant, on parle bien du pouvoir des plantes ou de celui des pierres...

***

« Tu as passé une bonne journée ? » demanda Jean-Claude à sa fille lorsqu'elle monta dans la voiture devant les grilles du jardin de Mascarin où elle s'était arrêtée pour grignoter un gâteau à la banane dans le petit café près du bassin.

Yoko haussa les épaules. Jean-Claude ne réagit pas, il ne se formalisait plus véritablement des absences ou des moues de la jeune fille même si, parfois, elles le préoccupaient. Yoko ne parlait pas de ses camarades, ou très peu. Il se doutait qu'elle n'avait pas encore tissé ici beaucoup de liens, et il voyait bien que, pour des rêveries éveillées, elle laissait tomber ses chanteurs préférés, son ordinateur et sa tablette dont sa femme et lui bataillaient autrefois pour l'éloigner mais dont il se disait maintenant qu'elle ne pouvait se désintéresser sans trop se couper du monde. Ce monde qui, en ce qui le concernait, lui échappait de plus en plus, mais qu'il fallait néanmoins connaître pour en éviter les dangers... Le changement d'attitude de Yoko s'expliquait-il uniquement par la mort de Yumi, ou n'en était-il pas un peu responsable, lui, avec ses mises en garde et ses interdits, sa maladresse pour tenter de la protéger ? Mais après tout, ne s'inquiétait-il pas sans raison ? Lui-même n'avait-il pas ressenti, durant son adolescence, un attrait irrésistible pour la solitude et le passé, dessinant des cartes des cinq continents avec le porte-plume en argent de son grand-père et lisant des livres reliés de cuir en haut des arbres du jardin ? Il fallait donner du temps au temps. Et puis, tout de même, il ressentait une sorte de fierté à voir sa fille oublier ses gadgets pour tenter d'apprivoiser le cardinal qui chaque matin venait se percher sur le bananier près de la piscine, ou jouer à cache-cache avec les geckos entre les meubles de la maison. Il se disait qu'elle s'intéressait enfin à ce qui est important, et qu'elle en conserverait quelque chose. Il se contenta donc de démarrer et, pour la dérider ou simplement lutter contre le silence, alluma une radio locale. Les petites annonces : une dame recherchait le propriétaire d'un chien noir et blanc, de race indéterminée, qu'elle venait de récupérer au bord de la route après la ville du Tampon.

***

Jean-Claude avait rencontré la mère de Yoko vingt ans plus tôt, sa thèse tout juste achevée, lors d'un voyage scientifique dans le Pacifique nord. Yumi vivait à Hawaii, elle descendait de la première vague d'immigrants japonais venus travailler dans les plantations de canne à sucre à la fin du dix-neuvième siècle. Ses parents tenaient le petit hôtel où résidait la mission. Curieusement, elle apprenait le français, et elle le parla toute sa vie avec un léger accent américain. Jean-Claude avait immédiatement été troublé par l'intelligence et la beauté de cette jeune femme si calme et si discrète. Par l'histoire de sa famille aussi, et par celle de tous ces Américains issus de l'immigration japonaise : sur le continent, après l'attaque de Pearl Harbor, cent vingt mille d'entre eux avaient été internés, des familles entières déportées vers des zones désertiques et parquées dans des baraques en bois, des jeunes s'engageant dans l'armée pour prouver leur patriotisme, retrouver leur honneur ou simplement échapper à ce calvaire. À Hawaii, ils étaient peut-être deux mille à avoir subi un sort similaire, un nombre finalement peu élevé comparé à la proportion de la population qu'ils y représentaient... La jeune femme s'intéressait beaucoup à cette période dont on parlait à peine : parmi les déportés de Hawaii figurait l'un de ses oncles. Elle n'oubliait pas non plus ses ancêtres, au Japon, dans le culte et le souvenir desquels elle avait grandi. Jean-Claude se rappelait leur première conversation sérieuse, survenue presque par hasard. Elle évoquait tout cela avec pudeur, à mots couverts, et il avait senti l'importance qu'elle y accordait – l'importance que cela avait, d'une manière générale. À voir les sourires légers, un peu distants, des parents de Yumi, il était difficile d'imaginer cette histoire familiale, l'arrivée des immigrants, la douleur de l'exil, les conditions de vie désastreuses et le travail harassant dans les champs de cannes, la guerre enfin... Jusqu'alors Jean-Claude n'avait pas eu véritablement de famille. Son père était parti, le laissant petit garçon aux soins d'une mère trop tôt aigrie et qui devait mourir jeune. Il ne l'avait revu qu'une ou deux fois - suffisamment pour se rendre compte qu'il ne fallait rien attendre de lui. Il s'était construit un peu seul. L'océan, proche de la maison où il avait grandi, l'y avait aidé dès le départ. Avec Yumi, il pourrait fonder quelque chose. Ils s'étaient mariés un an plus tard et, rapidement après leur installation à Paris, Yoko était née. Le prénom japonais s'était imposé de lui-même à la vue des cheveux noirs de jais, du petit visage froissé aux yeux bridés. Yumi avait perfectionné son français et, parallèlement à ses études, effectué de premières traductions pour un photographe de Tokyo résidant en France.

C'était progressivement devenu son métier. Très tôt elle avait inscrit Yoko à l'école japonaise, elle lui lisait dans cette langue de vieux contes et lui parlait aussi un peu anglais. Leur fille était, finalement, issue de trois cultures, il ne fallait pas qu'elle les oublie.

Tout au long des jours, des mois et des années qui suivirent leur mariage, Jean-Claude n'avait pu se faire à l'idée de son bonheur. Maintenant, il se disait que c'était peut-être pour cela que Yumi était partie si tôt, parce qu'il avait immédiatement et sans répit eu peur de la perdre, et que cette peur était l'une des failles dans lesquelles s'immiscent les maladies et les peines. Parfois, il songeait que Yumi, à l'image de ces tortues marines déformées par les tumeurs, avait souffert de la pollution de l'archipel. Ou bien qu'au contraire, c'était dans leurs années à Paris, loin des siens et de son île, qu'il fallait chercher la cause de sa faiblesse. Et que, dans ce cas, il était le seul fautif... En scientifique, il recherchait sur tout des explications logiques et irréfutables mais, lorsqu'il s'agissait de sa femme, la démarche était vaine.

Yumi avait lutté trois ans avant de s'éteindre. Il aurait aimé penser : « avant de s'éteindre paisiblement », mais ce n'était pas le cas. Qu'on leur ait assuré qu'elle n'avait pas souffert n'y changeait rien : elle était partie en suffoquant de longues heures, comme un poisson maintenu hors de l'eau, sous le regard fermé de Yoko que personne n'avait pu faire quitter la chambre. Souvent, il se disait qu'il avait commis une erreur, en laissant sa fille de treize ans assister à l'agonie de sa mère, lui qui habituellement la protégeait de tout. Et qu'il en avait commis une autre en ne faisant pas tout son possible pour amener Yumi dire adieu à son pays quand il en était encore temps, se raccrochant à l'espoir absurde de la voir guérir. Sans doute, alors, lui avait-il déplu.

Une fois les proches partis, l'appartement devenu calme et froid et les cendres de sa femme déposées, après le deuil, auprès de celles de ses beaux-parents à Hawaii, Jean-Claude avait demandé, et obtenu, son rattachement à un laboratoire d'écologie marine de l'université de La Réunion. Il collaborait depuis plusieurs années déjà avec cette équipe qui mesurait les effets du réchauffement climatique sur les populations de coraux de l'océan Indien et du Pacifique, et ni Yoko ni lui ne voulaient rester à Paris. La jeune fille ne supportait plus ses amis, les regards qu'on lui lançait en classe, les visages apitoyés de la gardienne, du boulanger ou des voisins. Ils ne souhaitaient pas non plus vivre à Hawaii, et encore moins vendre l'appartement. C'était bien trop tôt. Il leur fallait garder quelque temps en sursis les objets et le souvenir de cette vie d'avant si proche encore, voir autre chose avant de prendre une décision. Même si, pour lui, il ne s'agissait pas vraiment d'autre chose :

le visage de sa fille, de plus en plus jolie au fil des années, l'alliance à sa main gauche qu'il ne quitterait jamais et jusqu'à son travail qui avait favorisé leur rencontre ne pouvaient que lui rappeler sa femme, leurs plongées entre les récifs et leur vie si douce à Paris.

Pourtant, la mort de Yumi et l'avenir de Yoko le confortaient dans sa volonté de lutter, bêtement, comme une fourmi et sans véritable chance de succès, pour un monde qu'il ne pouvait rêver meilleur mais qui, avec suffisamment de chance, ne serait peut-être, il l'espérait encore, pas tellement pire que celui qu'il connaissait.

Andréa

C'est lorsqu'elle apprit sa maladie que Nina commença d'amener son fils dans le tableau. Au départ, elle ne savait pas si Andréa serait capable, du haut de ses cinq ans, de la suivre dans l'ombre des palmiers, mais ses efforts portèrent leurs fruits. Le petit garçon, peut-être parce que justement il regardait toutes choses avec ses yeux d'enfant sensibles à l'imaginaire et à la rêverie, se révéla un élève très doué. Il trottinait à ses côtés sur l'allée avec presque autant de facilité qu'elle en avait éprouvée elle-même, ce samedi d'avril où elle s'était rendue par hasard dans la salle où l'on exposait l'original.

C'est dans le musée rennais que, pour la première fois, Nina avait compris le pouvoir de toutes ces images qu'elle ne regardait jusqu'alors que pour y trouver quelques astuces de peintre. Peut-être parce que les lieux étaient déserts, nimbés d'une lumière un peu grise, et que la pluie tombait à grosses gouttes derrière la vitre, ce jour-là, en observant le tableau de Liotay, elle s'était sentie absorbée, elle s'était vue marcher vers la villa et en était ressortie toute étourdie, secouant la tête et clignant des yeux. Patiemment, sous l'œil intrigué du gardien, elle avait tenté de nouveau l'expérience avec deux ou trois des autres œuvres, celles qui lui plaisaient, pour parvenir toujours au même constat : elle possédait le pouvoir d'y pénétrer. Jusqu'alors, elle peignait pour le plaisir presque physique de mélanger les couleurs et de poser son pinceau sur la toile.

Pour rêvasser, ou méditer à sa guise, sans chercher plus loin. Cette visite la poussa à s'inscrire aux Beaux-Arts et à l'École du Louvre, décidant ainsi du reste de sa vie. Elle ne persévéra pas dans la création elle-même, rattrapée par une certaine réalité, mais elle acheva ses études par une thèse en histoire de l'art consacrée à l'influence de l'art chinois sur la peinture japonaise de l'époque Edo, avant d'être nommée maître de conférences à l'université de La Rochelle. Elle ne tarda pas à y rencontrer Patrick, un banquier – son banquier, plus précisément – qui bien que râleur et plus âgé devint très vite son mari. Tous deux s'installèrent dans une petite ville au bord de la côte, où ils achetèrent une maison blanche aux murs fleuris de roses trémières.

Le jour où pour la première fois elle avait parcouru l'allée du tableau avec Andréa, la petite main de l'enfant posée dans la sienne et ses yeux émerveillés passant d'une plante, d'un oiseau à l'autre, Nina s'était sentie prête à guérir. Et en effet la maladie l'avait quittée. Pour réapparaître quatre ans plus tard.

« Si un jour je ne suis plus là », avait-elle murmuré à Andréa un après-midi que, depuis la chambre emplie de jouets, ils prenaient ensemble un goûter sur la varangue, « c'est ici que tu pourras me trouver ». Mais elle n'était pas certaine que le petit garçon étourdi par la chaleur l'ait entendue.

***

Sa grand-mère maternelle avait plus tard raconté à Andréa que Nina était partie, insensible aux voix de ses proches, les yeux fixés sur la copie du tableau de Liotay qu'il avait exigé, avec ses pleurs et ses cris d'enfant, que l'on suspende en face de son lit. Il lui semblait aussi qu'elle lui avait, bien des années auparavant, donné rendez-vous sous la varangue, et c'est au fond pour cela que, depuis ce jour, il parcourait régulièrement le jardin tropical et jusqu'aux moindres recoins de la maison, en somme tous les lieux de leurs promenades passées, espérant l'y retrouver. Après tout, il n'avait pas vu son corps raidi, il n'avait pu se faire, malgré ses larmes, à l'idée que c'était elle que l'on emportait dans la longue boîte acajou, et on ne l'avait pas amené sur sa tombe avant bien des années - parce qu'elle ne le voulait pas, disait encore sa grand-mère. La compréhension de sa mort s'était insinuée dans son esprit au fil du temps, très vague, incomplète, bien moins réelle que le manque d'abord épouvantable et qui disparaît sous les coups de l'habitude puis revient subrepticement, s'accentue même à ces moments-clés de l'existence où l'on prend conscience que le passé n'existe plus. Il avait, au cours de ses années de solitude face à un père au regard absent, fait de sa mère un personnage de conte, une confidente silencieuse, et de ses bras imaginaires un refuge, à l'image de la peinture dans son cadre de bois doré. Pourtant, il ignorait si sa grand-mère, maintenant décédée, lui avait dit la vérité lorsqu'elle parlait du tableau, et si ses propres souvenirs étaient exacts. Il ignorait si Nina, qu'il imaginait secouée par les spasmes de la vie qui s'en va et l'esprit embué par la morphine, était parvenue à pénétrer une dernière fois dans la toile. Et encore plus dans quel état il l'y trouverait, si un jour il l'y rencontrait.

Au fil du temps, il apprit par la force des choses à considérer sa quête comme tout à fait vaine. Il poursuivait néanmoins son exploration, sans oser aller plus loin que le cadre, conservant un espoir, et surtout des souvenirs. Il continuait à arpenter le jardin et la maison, songeant qu'au moins ces plantes, ces sentiers, chacune de ces pièces encombrées de meubles de bois précieux, sa mère les avait aimés sans doute autant, sinon plus que ceux de sa vie réelle. Petit garçon, lors de leurs déambulations, il la voyait parfois astiquer le plateau d'une table, enlever quelques feuilles mortes. Et maintenant il s'employait, à son tour, à entretenir les lieux. C'était leur secret, qu'ils partageaient bien au-delà de la mort. Personne ne pouvait comprendre l'attachement qu'il ressentait pour le tableau, et Constance lui avait dit en le quittant, au milieu de tant d'autres reproches et de larmes feintes, qu'elle finissait par voir en ce paysage qu'elle qualifiait d'insipide un rival contre lequel elle ne se sentait ni la force ni l'envie de lutter. D'ailleurs, avait-elle conclu brutalement, avec dans la voix un dédain qu'il ne lui connaissait pas, elle n'aimait que l'art abstrait.

Le botaniste

François Liotay épongea son front dégoulinant de sueur avec un mouchoir à son chiffre et regarda la toile avec satisfaction. L'œuvre était achevée, comme la propriété, perdue sur cet îlot reculé, le serait bientôt. Il y avait installé en quelques touches les meubles qui n'arriveraient par bateau que le mois suivant, il avait fait grandir et fleurir les plantes introduites dans le jardin, esquissé dans un coin l'ombre d'un bougainvillier en s'apercevant que l'harmonie n'en serait que plus parfaite, supprimé les moustiques qui l'assaillaient tandis qu'il peignait et même, au bord de l'océan que l'on ne distinguait pas sur la toile, faute de place, imaginé une sorte de kiosque où il ferait bon s'abriter les jours de grande chaleur.

Autour de lui, les oiseaux poussaient leurs derniers cris avant la tombée du jour. La maison s'illuminait et dans l'air devenu plus frais, mêlées aux parfums des fleurs à peine écloses, se répandaient déjà d'appétissantes odeurs de cuisine. Il songea avec plaisir que son tableau ornerait le mur de son salon, non loin du piano dont il attendait la livraison, et que l'on pourrait se plonger dans sa contemplation comme on regarde dans une suite de miroirs sans jamais parvenir à en apercevoir la fin. De ses derniers coups de pinceau, au bas du tronc de l'arbre autour duquel s'agençait l'ensemble, il inscrivit son nom, puis l'année et, tiraillé par la faim, fit un signe pour que l'on rangeât son matériel en prenant bien soin, surtout, de permettre à la toile de sécher. Puis il se dirigea vers la varangue d'un pas traînant, héritage de longues heures de marche solitaire dans les Mascareignes dont il avait passé dix ans à classifier la flore pour l'avenir de la Science et qu'il entendait célébrer désormais par son jardin.

Andréa

Andréa regagna son canapé à la nuit tombante, alors qu'apparaissait dans le ciel du tableau un croissant de lune inversé, signe que le domaine se trouvait dans l'hémisphère sud. « Dans l'océan Indien », disait même Nina, en raison surtout du souvenir qu'elle conservait des notices de l'exposition à Rennes.

Il avait une fois encore cherché un peu partout dans les limites de la peinture, mais sans trouver la moindre trace de sa mère ni surtout de la jeune fille dont il se demandait maintenant avec tristesse si elle existait réellement.

Un jour, il lui faudrait aller au-delà du jardin. Mais que pourrait-il découvrir, après les clôtures, de l'autre côté du cadre du tableau ? Et que pourrait-il ne pas y découvrir ? Cet inconnu l'effrayait, comme, enfant, les histoires de sorcières dont on ne veut pas connaître la fin, et les vieilles cartes de marine où l'on marquait la frontière avec le monde des dragons – celles-là, d'ailleurs, il ne s'y était jamais risqué.

Yoko

Yoko éprouvait une joie presque enfantine. Si l'on ne trouvait rien à la librairie de Saint-Denis sur ce qu'elle appelait *le pouvoir de la peinture*, son père, le lundi suivant, lui avait rapporté de l'université une étude de l'herbier de François Liotay, l'auteur du tableau de leur salon.

Les descriptions scientifiques occupaient bien sûr bon nombre des pages de la brochure qui venait tout juste de paraître mais l'on y expliquait, dans une introduction biographique, que Liotay, cadet en mal d'aventures d'une famille qui tirait sa fortune de la fabrication du papier, avait quitté sa province dans les premières années du Second Empire pour marcher sur les traces de Pierre Poivre et de Philibert Commerson. Il avait exploré Maurice, Rodrigues, La Réunion, les îlots d'Agalega et de Cargados et s'était, aussi, intéressé aux classifications de Linné, Lamarck ou Candolle et aux travaux des Jussieu, tout en entretenant une correspondance fournie avec des savants du monde entier avant de périr tragiquement dans un naufrage non loin de la petite île où, un peu fou sans doute, il avait décidé de s'installer. Il laissait à la postérité près de dix mille échantillons dans son herbier, une vingtaine de carnets de récolte et « de très belles planches à l'aquarelle », tous conservés, selon sa volonté et grâce à ses amis, dans les archives du Muséum d'histoire naturelle de Paris. La vocation de cet autodidacte, indiquait l'article, aurait été confortée par une rencontre avec un certain Bélanger qui, moins connu que les grands naturalistes voyageurs du dix-huitième siècle, avait tout de même parcouru les continents, dirigé le jardin botanique de Pondichéry dans les années 1820 puis, à partir de 1853, celui de Saint-Pierre à la Martinique - détruit au début du vingtième siècle, précisait l'auteur en note de bas de page, par l'éruption de la montagne Pelée. L'une des publications de Liotay reproduites dans la brochure se référait d'ailleurs aux *Voyages aux Indes orientales par le nord de l'Europe, les provinces du Caucase, la Géorgie, l'Arménie et la Perse, suivi de détails topographiques et autres sur le Pégou, les îles de Java, de Maurice et de Bourbon, sur le cap de Bonne-Espérance et Sainte-Hélène, pendant les années 1825, 1826, 1827, 1828 et 1829* de ce Bélanger avec lequel il avait échangé jusqu'à sa mort, et malgré les océans qui les séparaient, d'innombrables courriers. Java, Pondichéry... des noms qui faisaient rêver.

Outre quelques textes et des photographies de spécimens de l'herbier de Liotay, le petit opus présentait des reproductions de planches sur lesquelles, après le dîner, père et fille purent reconnaître certaines des plantes qui se trouvaient autour de leur propre maison, entre les grillages et la piscine, mais surtout certaines de celles que le botaniste avait figurées sur leur toile avec une très grande précision. Ils s'en tinrent à un examen de surface - Jean-Claude était trop rationnel pour comprendre l'histoire de « l'entrée dans le tableau » - mais Yoko se promit, dès que la voie serait libre, de parcourir le jardin de la demeure avec ces dessins.

***

La toile de Liotay, Jean-Claude l'avait achetée à une vente aux enchères organisée à Drouot au début des années 2000. On liquidait cette semaine-là une partie de la succession du patriarche d'une vieille famille réunionnaise revenue en métropole au milieu du vingtième siècle, sa fortune fortement affectée par la fin de l'esclavage puis de l'engagisme et la perte de vitesse de l'industrie sucrière. C'est le vieil homme qui, trente ou quarante ans plus tôt, avait pris la décision de partir, cédant les biens qui, après un lent effritement, lui restaient encore sur l'île et ne valaient alors plus grand-chose : une grande maison percluse d'humidité à l'intérieur des terres dont on ferait un musée de l'esclavage que Yoko et son père visiteraient, bien plus tard, un jour de pluie ; une autre à Saint-Denis, qui deviendrait un hôtel ; et puis des terrains, grignotés petit à petit, alors inconstructibles mais qui devaient par la suite accueillir des lotissements. Ses seules folies furent le rapatriement du corps de sa femme dans un cimetière parisien et celui d'une collection d'œuvres de peintres locaux constituée dans ses jeunes années. Et maintenant qu'il venait de s'éteindre à son tour, presque centenaire, ses descendants tentaient de trouver de quoi se construire un avenir qui leur permettrait d'occulter les traces d'un passé un peu honteux, et d'ailleurs bien lointain à leurs yeux. On en voyait deux, vieillis déjà, surveiller la vente d'un œil rapace et insatisfait. Dans les salles d'exposition qui n'attiraient pas grand monde, Yumi s'était subitement arrêtée devant le tableau pour l'observer pensive, durant un bon moment, comme si elle tentait d'en percer le mystère. Sans comprendre la raison de l'intérêt qu'elle y portait – il ne s'agissait pas d'une toile particulièrement remarquable – Jean-Claude revint tout de même le lendemain pour les enchères. Il en fit l'acquisition, à un prix bien plus raisonnable qu'il ne s'y attendait faute de réelle concurrence, pour célébrer leur troisième anniversaire de mariage, et du même coup la naissance de leur fille.

Dans le tableau

« Cette propriété aujourd'hui n'existe plus », dit la jeune fille.

Elle avait des cheveux d'un noir profond, et des yeux bridés d'Asiatique. Japonaise, plus que Chinoise, songeait Andréa en l'observant.

« Comment le sais-tu ? », demanda-t-il.

Avec application, elle poussa une brindille hors de la varangue du bout de la semelle de sa sandale. Il se tut, de peur de la brusquer. Ne risquait-elle pas de disparaître, une nouvelle fois ? Il lui semblait que son image pouvait se dissiper à tout instant, éclater comme une bulle de savon.

Elle releva les yeux vers lui, la brindille supprimée de leur champ de vision.

« On l'a détruite ? », insista-t-il.

Après un silence elle répondit :

« Il y a quelque temps la mer a ravagé toute cette partie de l'îlot, jusqu'aux collines. Si tu n'es jamais allé plus loin que le jardin, tu ne le sais pas, mais la plage est tout près. Vraiment très près. D'habitude les maisons de ce type étaient construites plus à l'intérieur des terres, je ne sais pas pourquoi il en va différemment de celle-ci... Enfin il n'y a que dans le tableau que la propriété reste intacte. Et plus loin... Je veux dire, plus loin dans le monde réel, il paraît que les habitants plantent des arbres sur la côte, pour tenter de contenir l'érosion et l'avancée de l'océan. »

Le jeune homme, surpris de cette longue explication, la regardait sans un mot, le cœur cognant dans sa poitrine, n'osant plus l'interroger. Cette jeune fille qu'il n'avait jamais vue auparavant en savait plus sur le tableau que lui qui s'y promenait depuis vingt ans.

« Comment es-tu venue ici ? », finit-il par demander parce que cela lui semblait la question la plus importante à poser.

Elle eut tout à coup un sourire enfantin.

« Comme toi, je suppose », fit-elle.

Avant de partir, elle ajouta :

« Vraiment, il faudrait que tu ailles au-delà du cadre, au-delà du jardin. Il y a juste avant la plage une sorte de kiosque, je ne sais pas comment on appelle cela, un guétali peut-être. Et puis bien sûr, les poissons et les coraux dans les récifs, comme près de chez moi, dans la vraie vie. Mais préservés, eux. »

Yoko

Yoko sortit du salon et alla s'installer sur un transat devant la piscine, à l'ombre des bananiers et de l'ylang-ylang. À l'est, sur les montagnes, le ciel prenait comme souvent une teinte sombre et inquiétante, s'éclaircissant peu avant la villa au-dessus de laquelle évoluaient trois parapentes de couleurs vives. En contrebas les vagues s'écrasaient devant le lagon. Il était étrange, songeait la jeune fille, que ce garçon qui depuis tant d'années venait dans le tableau ne soit jamais allé plus loin que le cadre.

Alors qu'elle suivait à travers ses paupières mi-closes la lente évolution des voiles légères dans le soleil, délicieusement enivrée par la chaleur et le parfum du jardin, ses pensées s'attardèrent sur la peau mate d'Andréa, sur les petits plis que formaient les traces de son sourire au coin de ses yeux noirs, et elle sentit poindre en elle un trouble étrange.

« Que veux-tu faire aujourd'hui ? » interrogea son père en levant le nez de son journal.

Yoko sursauta, confuse. Non loin d'eux, un petit caméléon d'un vert très vif se reposait sur une branche, la fixant d'un œil rond et inquisiteur.

« Je ne sais pas, comme tu veux », répondit-elle un peu précipitamment.

Les premiers mois, Jean-Claude et sa fille profitaient de leurs week-ends pour faire le tour des musées et s'épuiser dans de longues balades en montagne et jusqu'au cratère du volcan. Ils connaissaient tout désormais du séchage de la vanille, de la préparation du coprah, de la chasse aux esclaves marrons, des conditions de quarantaine des engagés, des éruptions volcaniques ou de l'exploitation des tortues marines... Et maintenant, leur existence s'organisait autour d'une routine agréable. Le samedi matin, ils se rendaient au marché de Saint-Paul, grignotaient des samosas et des bouchons sur un banc au bord de l'eau, achetaient du poisson, des fruits, des légumes et quantité d'épices. Yoko parfois tentait de nouvelles recettes - gratin de chouchous, cœurs de palmier en salade, *rougail*, *cari* et *massalé* - piochées dans un livre de plats créoles, retrouvant ainsi les instants vécus autrefois, lorsqu'elle cuisinait avec sa mère dans une complicité studieuse, testant des assaisonnements, mêlant les usages, les traditions et les cultures. Le reste du temps, ils le passaient à traîner devant la piscine ou dans le jardin botanique à quelques dizaines de mètres de chez eux, à se baigner dans le lagon, se laissant dériver à la surface de l'eau en regardant les poissons colorés et la lumière du soleil danser sur le sable et les coraux, ou bien à plonger un peu plus loin, avec masques et bouteilles, à la recherche de tortues et d'anémones. Parfois, en fin d'après-midi, Yoko, pour rassurer son père, s'obligeait à retrouver dans la petite ville en contrebas deux camarades de classe, Fleur et Julie, et dînait avec elles au bord de l'eau d'une pizza achetée au camion planté sur le trottoir de la rue principale. Elle ne parvenait pas à nouer de véritables liens d'amitié. Fleur et Julie, comme tous les autres, ne pouvaient comprendre ce qu'elle vivait. Elle ne se risquait pas à leur en parler. À qui dire l'horreur de voir sa mère disparaître, son visage se tordre et le monde tanguer, dans un bruit sourd et continu, avant de s'effondrer d'un seul coup ? À qui révéler les cauchemars qui ne cessent pas tout à fait, et décrire cette douleur qui prend au milieu de rien comme un poignard acéré, même si peu à peu le temps l'adoucit ? Pas à des gamines jouant maladroitement aux adultes mais hystériques à la sortie d'un nouvel album ou à l'arrivée des soldes. Et puis parler de cela, d'ailleurs, ne se faisait pas.

En arrivant sur l'île, elle avait supprimé de son smartphone toutes les applications susceptibles de la lier à ses amis de métropole. Elle ne consultait plus ses courriels que par obligation et avait mis en sommeil ses comptes sur les réseaux sociaux – incapable cependant de les fermer, comme pour éviter de souligner plus encore le caractère irrémédiable de la coupure intervenue dans son existence. Elle n'utilisait Internet que pour les recherches qu'on lui demandait au lycée, ou pour répondre à des angoisses passagères, préférant se perdre dans une course méthodique et silencieuse mais bien réelle, recherchant avidement l'océan, le jardin, la compagnie des oiseaux, les souvenirs des contes que la voix de Yumi lui apportait autrefois de Hawaii ou du

Japon de leurs ancêtres – un parfum d'enfance perdue, d'exil et de nature.

De temps en temps, père et fille partaient pour un ou deux jours de randonnée dans l'un des cirques. À Salazie le plus souvent, pour ses forêts luxuriantes et féeriques, ses murs végétaux à flanc de montagne. Yoko aimait ces promenades, cette sensation de calme et d'harmonie décuplée par la fatigue et la nature, comme une méditation. Ils marchaient longtemps et sans un mot, concentrés sur leur souffle, sur la tension des muscles de leurs jambes, l'odeur de l'humus, les bruits et le miroitement des feuillages piqués de liserons bleus, et partout l'ombre de Yumi les suivait, silencieuse. Ils le savaient, la recherchaient, l'apprivoisaient, la partageaient mais ne l'évoquaient jamais – se taire valait mieux.

Sur sa branche, le caméléon n'avait pas bougé. Il clignait seulement des paupières, de petits mouvements rapides sur son corps parfaitement immobile.

« Papa, dit très lentement la jeune fille au bout d'un moment, est-ce que tu crois qu'il existe des endroits que l'on ne voit pas vraiment, qui ne semblent pas exister, mais dans lesquels on peut vivre ? »

Jean-Claude la regarda un instant.

« Tu veux parler de science ou de religion ? » demanda-t-il finalement, avant de se lancer dans une explication sur la physique quantique dont elle ne saisit pas un mot, si tant est que lui-même y comprît quelque chose.

Andréa

Depuis sa rencontre avec la jeune fille dont il ne savait rien, Andréa passait ses soirées à tourner comme un lion en cage sous la varangue avec l'espoir de la revoir. Sans succès. Ou bien l'inconnue était occupée ou bien elle n'avait plus accès à la toile - certainement exposée dans un musée qu'il ne parvenait pas à identifier malgré ses recherches en ligne pendant les heures de bureau - ou encore elle explorait d'autres lieux qu'elle jugeait plus intéressants. À moins que sa présence ne l'ait dérangée. D'autant plus que de cette propriété qui, s'il la croyait, avait existé, il ne restait que cette image qui, contrairement à ce qu'il pensait jusqu'alors, ne lui appartenait pas. Peut-être après tout la jeune fille recherchait-elle un peu de solitude pour rêver à sa guise. N'était-ce pas son propre cas, en fin de compte ? Et puis, pourquoi réagissait-il ainsi, indécis et stupide, face à une gamine qui ne devait pas avoir plus de seize ans ?

Un dimanche, il se décida à s'aventurer hors du jardin, vers la mer. La peur diffuse de l'abîme au-delà des limites de la toile l'avait quittée. Le confort de ses promenades solitaires lui pesait désormais, il était prêt à aller plus loin. Et surtout, l'inconnue ne lui aurait-elle pas, finalement, suggéré de la retrouver par là-bas, en lui parlant à son tour, sans raison apparente, de la plage, du kiosque et du lagon ?

Partagé entre un reste de méfiance et une vague excitation, il s'engagea donc entre les azalées et les frangipaniers, empruntant une ouverture qui semblait ménagée depuis peu – sans doute, songea-t-il le cœur battant, par la jeune fille elle-même. Après plusieurs minutes de marche, guidé par le bruit des vagues sur les récifs, il finit par déboucher sur une vaste étendue de sable clair bordée de vacoas. Le soleil tapait fort, alors que vers la maison, et plus encore au-dessus des collines, le ciel restait couvert. Les mains en visière, il contempla l'infini qui s'étendait devant lui. L'océan, d'un bleu très clair, et les vagues blanches au loin, avant l'ombre des grands fonds. La mer qui léchait doucement le sable fin. La danse des rayons de lumière sur l'eau pure. Au bout d'un instant, s'arrachant à ce spectacle, il remarqua, une cinquantaine de mètres en contrebas, juste avant la plage, une curieuse construction protégée par des stores de bambous dont il s'approcha timidement. Une silhouette pâle et fragile se tenait allongée sur une minuscule terrasse, à l'ombre de ce petit kiosque. Mais il ne s'agissait pas de la jeune fille. Son cœur se serra de la même manière qu'autrefois, lorsqu'il entrait dans la chambre aux murs crème et froids, au bout du couloir parcouru par des fantômes en blouses blanches.

« Maman ? » murmura-t-il sans trop y croire.

***

Un jour où elle paraissait se porter mieux, ou du moins un jour où elle se sentait moins souffrante, capable même de faire quelques pas, Nina mit en œuvre une décision qu'elle mûrissait depuis plusieurs semaines. Son fils était à l'école, son mari traînait autour du lit, et sa mère, assise à ses côtés, lui lisait une histoire qu'elle n'écoutait plus.

« Pourriez-vous aller me chercher un café ? » demanda-t-elle.

Heureux d'avoir un but, une utilité, Patrick se retourna, fouilla dans ses poches pour vérifier qu'il disposait de suffisamment de monnaie, et se dirigea vers la porte. Puis il s'arrêta.

« J'y vais ? », fit-il avec son hésitation habituelle.

Nina hocha la tête avec un sourire pour l'encourager. Elle aurait aimé l'embrasser, mais il se serait douté de quelque chose, il serait resté, il ne fallait pas.

« Allez-y tous les deux, dit-elle à l'attention de sa mère.

– Mais non, il n'a pas besoin de moi », répondit celle-ci.

Nina insista tandis que Patrick la considérait d'un air hagard.

« Vraiment, confirma-t-elle, j'ai besoin d'un petit peu de calme. »

L'homme et la vieille femme se regardèrent.

« Bon », fit sa mère avant de lui caresser la joue et de se lever.

Ils sortirent en laissant la porte entrouverte, leurs pas s'éloignèrent un peu puis, soudain, ceux de Patrick se rapprochèrent. Il avait fait demi-tour pour poser un baiser sur son front. Souvent il tardait ainsi à partir, certains jours elle en éprouvait de la peine, mais pas cette fois-ci.

Alors que sa mère et son mari se dirigeaient enfin vers les ascenseurs, Nina porta son regard sur la copie du tableau de François Liotay qu'Andréa, comme s'il se rappelait sa vieille promesse, avait tenu à suspendre dans sa chambre. Mieux valait partir là-bas avec un peu de vigueur et un peu de raison, songea-t-elle avant de se laisser glisser.

« Le problème, dit-elle à son fils devenu grand qui posait maintenant sur elle des yeux noyés de larmes, c'est que je n'arrivais pas à voir la maison, simplement ce kiosque pourtant hors du cadre et où nous n'étions jamais allés ensemble, et que je suis trop faible pour marcher jusque là-bas. La jeune fille a bien essayé de m'aider, mais elle n'a pas assez de force. Enfin... Elle m'avait bien dit que tu viendrais.»

Yoko

Assise sur une chaise, les coudes sur la table, les mains encadrant son visage, Yoko regardait le tableau. Elle essayait de se concentrer. Mais rien n'y faisait, le domaine de Liotay, depuis plusieurs jours, se refusait à elle. Un après-midi, à Saint-Denis, écourtant sa leçon de japonais, elle s'était rendue au musée d'Art et d'Histoire, pour voir. Dans les salles désertées, aucune autre toile ne lui répondait. Tout cela, se demandait-elle, n'était-il qu'un mirage ? Avait-elle perdu quelque chose ? Ce qu'il lui restait d'espoir et d'illusions ?

À chacun de ses échecs à retourner dans le monde de Liotay son cœur saignait un peu plus, et désormais le souvenir du jardin et de la maison blanche, qu'elle revoyait dans ses rêves s'éloigner avec Yumi au milieu d'un halo de lumière crue, tournait à l'obsession. Puisqu'elle avait découvert la mère d'Andréa près du lagon, elle ne pouvait en effet s'empêcher d'espérer y trouver aussi la sienne. Dans sa chambre aussi on avait installé le tableau de Liotay. L'original, même. Mais également, se souvenait-elle avec tristesse et regret, toute une série de photographies et de dessins d'enfants. Se pouvait-il que sa mère erre maintenant dans l'un de ces croquis maladroits, au milieu de personnages grotesques aux cheveux colorés, aux doigts longs et maigres comme des baguettes, supposés représenter les membres de leur famille ? Yoko préférait ne pas l'envisager. Peut-être Yumi était-elle tout simplement retournée dans l'un des paysages de sa jeunesse, ceux de la Hawaii d'autrefois que l'on voyait sur les clichés punaisés aux murs. Peut-être s'était-elle noyée dans le lagon du tableau, ou dans l'eau claire de l'une de ces photographies déjà un peu jaunies, puisqu'elle avait suffoqué toute la nuit. À moins qu'elle n'ait jamais compris que l'on pût vivre dans une image, que son intérêt pour la toile n'eût rien à voir avec cela. Après tout, songeait la jeune fille, elle-même n'y parvenait plus. Aurait-elle rêvé ? Le jeune homme et la femme rencontrés dans le domaine ne seraient-ils que les fruits de son imagination ? Devait-elle dire à son père qu'elle aimerait reprendre une thérapie, elle qui se souvenait encore trop bien de la psychiatre chez laquelle on l'avait traînée durant la maladie de sa mère et après sa mort ?

« Toujours à regarder ce tableau ? » fit Jean-Claude.

La jeune fille tressaillit, surprise, et hocha la tête.

« Je l'aime bien... » fit-elle en essayant de ne rien laisser paraître.

Puis, après un silence :
« On ira plonger ce week-end ?
– Oui, on verra », dit son père.

À son arrivée, les oreilles pleines de récits de catastrophes et de reportages alarmistes, Yoko craignait les requins, elle imaginait des morts sanglantes à la naissance des vagues, revoyait le corps de sa mère soudain se raidir. Mais peu à peu, cela finit par passer. Dans sa famille, on plongeait depuis longtemps. Le tout était de faire attention. Elle avait appris, petite fille, à nager en apnée, à utiliser des palmes, un masque et un tuba, puis des bouteilles. L'eau sombre des grands fonds ne l'effrayait pas, elle lui était même familière. Et elle ne pouvait lutter contre l'attrait qu'elle éprouvait pour l'océan et les poissons des récifs coralliens. Ils lui rappelaient sa mère, l'archipel de Hawaii où elle ne se sentait pas encore la force de retourner, et lui faisaient entrevoir ce que Yumi avait pu y vivre, à son âge. Leurs existences à toutes deux se confondaient dans cette masse liquide qui parcourait la surface du globe, à l'image des baleines qu'elle pouvait maintenant observer, avec son père, depuis leur terrasse donnant sur l'océan Indien, durant l'hiver austral. La mer l'avait guérie, bien plus que les cachets et les séances chez la psychiatre après les cours, dans la fadeur des fins d'après-midi parisiennes. Jamais d'ailleurs ils n'avaient croisé le moindre requin lors de leurs excursions. Il est vrai que Jean-Claude était expérimenté. Il savait aussi que des requins, on en trouve partout dans l'océan Indien - aux Seychelles, à Maurice, il y a des attaques dont on parle peu, de même qu'à Hawaii d'ailleurs. Amener plonger sa fille, alors qu'il la protégeait déjà trop avant la mort de sa femme, avait été une décision difficile, et pourtant indispensable. Ils partaient ainsi une ou deux fois par mois, il lui apprenait à prêter attention au temps, à la transparence de l'eau, ils s'éloignaient peu du lagon et restaient encore le plus souvent avec un plongeur professionnel qui travaillait pour le laboratoire et s'était pris d'affection pour la jeune fille. L'homme connaissait parfaitement les sites et, sur le bateau, leur racontait des bribes de l'histoire de l'île.

« La maison sur le tableau, tu es sûr qu'elle ne sera jamais restaurée ? demanda Yoko. J'aimerais y aller un jour, moi aussi.

— Tu as vu les photos », dit son père.

Il était mal à l'aise d'en parler et ne pouvait s'empêcher de penser que le destin du domaine de Liotay illustrait leur drame personnel, comme celui de tous les êtres, de tous les sites naturels et de tous les monuments, et de la Terre elle-même, à plus ou moins long terme voués à la mort, à la destruction et à l'oubli. Il aurait pu, bien sûr, amener sa fille sur l'îlot où se dressait sans doute encore le soubassement de la maison coloniale, mais il craignait qu'elle ne s'en remît pas, tant le souvenir qu'il en conservait lui-même était douloureux. Et il ne souhaitait pas y retourner. Il reprit, d'un ton plus ferme :

« Il n'y a certainement plus rien maintenant. Crois-moi, mieux vaut rester avec l'image de la toile de ta mère. »

***

Trois ans et demi plus tôt la maison de Liotay tenait encore à peu près debout. C'était une ruine, mais une ruine au milieu d'un espace riant et plein de vie.

Quelque temps après la mort du botaniste en effet, petit à petit, les habitants du village voisin colonisèrent le domaine à l'abandon. Ils investirent une partie du jardin pour y développer la culture de la noix de coco, construisirent des habitations peu à peu détruites ou modernisées, et on les laissa faire. Aucun d'eux pourtant ne s'installa entre les murs de la demeure, tous s'en méfiaient. Ils ne cherchèrent même pas à la piller. La maison restait celle d'un noyé, d'un homme disparu, sans autre sépulture que la mer en furie, dans des circonstances dont on avait oublié l'essentiel mais qui laissaient une impression de mystère macabre. Les vieux racontaient qu'un jour un villageois avait emporté quelques meubles, et qu'il était mort subitement six mois plus tard, terrassé par une fièvre inconnue. Parfois, prétendait-on encore, le phonographe se mettait en marche tout seul. Alors que personne n'avait jamais vu là de phonographe et qu'un tel objet - mais tous l'ignoraient - n'avait pas encore été inventé à l'époque de Liotay. On disait aussi que les esprits des esclaves déambulaient dans les couloirs. Alors qu'il n'y avait jamais eu d'esclaves dans le domaine, seulement trois serviteurs noirs plutôt bien traités. L'esclavage, à l'origine du peuplement de la petite île, avait été aboli à Maurice dont elle dépendait en 1835 - puis en 1848 à Bourbon, redevenue la même année La Réunion... Avant, donc, que Liotay ne se rendît pour la première fois dans l'océan Indien. Quant au kiosque, tous en parlaient mais personne ne l'avait jamais vu. Il n'existait pas, le botaniste était mort sans l'édifier et l'on ignorait comment le souvenir de ce projet avait, lui, su résister au temps. Une drôle d'idée, ce kiosque, avec des arbres fruitiers qui, malgré la proximité de la plage, devaient parvenir à pousser sur une terrasse préservée que Liotay avait juste eu le temps de faire aménager et où l'on se mit un jour à cultiver sans grand succès quelques bananes.

La vie s'écoulait donc, tranquille, sur ce fragile coin de terre perdu au milieu de l'océan, oublié des touristes comme des autorités. Et un matin, bien longtemps après la mort du botaniste, plusieurs années aussi après que Nina eut copié le tableau puis que Jean-Claude l'eut offert à Yumi, alors que l'histoire du domaine n'était plus qu'un conte que l'on se racontait aux heures chaudes, les hommes virent l'eau monter leur petite île. Certes, la mer montait depuis un moment déjà, grignotant çà et là, chaque année, plusieurs centimètres de plage de sable fin. Mais cette fois-ci, en à peine quelques jours, elle parcourut, implacable comme une rivière en crue, toute la distance qui menait aux collines.

À Paris, à peu près au moment où l'océan se répandait dans le jardin et la maison de Liotay, Yumi comprenait que pour elle désormais tout espoir serait vain, et cette pensée l'envahit comme une vague à la fois très douce et trop salée.

La demeure représentée sur le tableau, elle était parvenue avec son mari à en retrouver la trace, à identifier les lieux avec une quasi-certitude. Ils s'étaient promis de la découvrir ensemble. Elle sut ce jour-là qu'elle n'y parviendrait jamais, et lorsque Jean-Claude s'y rendit enfin, seul, comme en pèlerinage, en marge d'une mission scientifique, ne s'offrait plus à sa vue qu'un très beau paysage de cataclysme – vase et brindilles pourrissantes, pièces de bois brisées et tôles renversées dans le soleil déclinant. À ce spectacle, et devant les habitants ébahis, il perdit contenance comme jamais auparavant, versant sans parvenir à se contenir toutes les larmes qui attendaient dans le lit de ses yeux depuis la mort de sa femme. Il ne conserva de ce voyage que quelques clichés mélancoliques que sa fille faisait encore défiler de temps en temps en cachette sur l'écran de son ordinateur.

Andréa

« Je ne veux pas de cette toile ici, dit Patrick.

— Regarde-la au moins un peu, je suis sûr que ça te fera du bien, insista Andréa. Moi, ça m'aide.

— Non, ça ne me fera pas de bien. »

Son père se renfermait à nouveau. Impossible de discuter avec lui. Nina l'avait prévenu, il n'aurait jamais la capacité de voir dans le tableau avec les mêmes yeux que lui. Ne serait-ce que parce qu'il n'accepterait jamais d'essayer.

« Tu iras faire des courses ? demanda Patrick après un silence. Le frigo est vide, je n'ai rien prévu pour dîner, je n'ai pas pu sortir.

— Je m'en doute, fit Andréa, volontairement railleur. Je vais y aller. »

Il hésita.

« Tu veux quelque chose en particulier ? »

À cette question son père le considéra d'un air à la fois désespéré et agacé.

« Bon, je vais voir ce que je trouve. »

Il était heureux de quitter la maison. À la mort de sa femme, Patrick avait commencé à se laisser aller. Andréa, qui entrerait bientôt au collège et avait déjà beaucoup mûri durant la maladie de sa mère, prit les choses en main – lessives, ménage, une partie des courses. Sans se plaindre, sans rien dire à personne, pas même à sa grand-mère qui pourtant devait bien savoir ce qui se passait. La honte d'en parler sans doute. Patrick, lui, se rendait à son bureau avec des attitudes de somnambule. On ne tarda pas à le reléguer dans un placard, sans aucune perspective de progression mais sans aucun risque de sanction non plus. On avait vaguement peur de lui, c'était une petite ville, les gens l'aimaient bien, on ne pouvait pas le renvoyer, il était dépressif, pour peu qu'il trouve l'énergie d'aller aux prud'hommes la banque serait condamnée, cela coûterait bien plus cher en temps et en énergie que de le garder pour les quelques années qui lui restaient à tirer. Et puis, ses collègues autrefois l'appréciaient. Alors on se contentait de lui laisser gérer les clients les moins importants, de tout petits épargnants qui ne venaient jamais, à qui l'on ne proposait pas grand-chose, tandis que de plus jeunes et plus ambitieux reprenaient son portefeuille. Lorsqu'on lui avait parlé de retraite anticipée il l'avait mal pris, avant de se résoudre à accepter. L'inactivité avait terminé de l'achever. Toutes les semaines il voyait le psychiatre qu'Andréa l'incitait à consulter, il prenait chaque jour une série de pilules différentes, se trompant parfois dans les dosages, se lavait quand il y pensait et vivait au rythme des allées et venues de son fils et de ses altercations avec un jeune voisin désireux de s'agrandir et qui faisait tout son possible pour qu'il lui revende sa maison.

S'il ne lui avait pas semblé que son père manquait de volonté, d'intérêt pour ses projets et pour l'homme qu'il devenait, Andréa sans doute serait resté. Mais il n'en pouvait plus, sept ou huit ans de sa vie venaient de se dérouler ainsi, au côté de cet homme absent mais toujours là, immuable, qui comptait sur lui comme une moule s'accroche à son rocher, tentait de le retenir chaque fois qu'il sortait voir ses trop rares amis ou lorsqu'il se préparait à aller en cours, et ne s'inquiétait que de lui-même. Il avait même failli l'empêcher de passer l'une des épreuves du bac, prétextant un malaise en le voyant partir pour le centre d'examen. À peine les résultats publiés, Andréa, presque surpris de son succès, avait trouvé une aide-ménagère pour prendre sa place et était parti à Paris. Son père lui adressait sans cesse des remarques insidieuses, façon de lui reprocher son abandon, trop centré sur lui-même pour se rendre compte de ce qu'il créait autour de lui mais, songeait Andréa, mieux valait vivre à peu près normalement pendant quelques semaines et ne souffrir qu'un ou deux week-ends par mois. Patrick se plaignait de la solitude mais n'entrait en contact avec personne, se brouillait avec tout le monde, avec ses proches surtout et, malgré son désespoir visible, devenait depuis qu'il se sentait vieillir acariâtre et raisonneur. Il ne s'était plus jamais intéressé à son fils, n'avait pas même fait semblant d'être courtois avec Constance - dont il avait malencontreusement utilisé le gant de toilette et la brosse à dents - et ne paraissait pas espérer voir son existence, ni d'ailleurs celle de Nina, se poursuivre à travers les vies d'éventuels petits-enfants. Par principe ou par instinct filial, parce qu'il l'aimait malgré tout et qu'il savait aussi que les torts n'étaient pas entièrement de son côté, Andréa prenait chaque fois la défense de son père face à ceux qui se plaignaient de son manque de reconnaissance. Et cela avait contribué à l'éloigner, lui aussi, des membres de leur famille. Ne supportant plus que la présence de son fils tout en gémissant d'être ainsi délaissé par les siens, Patrick lui confiait, à chacune de ses visites, toutes sortes de tâches afin de rentabiliser sa venue et de le garder auprès de lui. Il programmait des rendez-vous chez divers médecins qui par chance consultaient le samedi, et Andréa qui devait l'y accompagner voyait ses séjours se transformer en de longues attentes dans des salles sordides, aux murs généralement peints en jaune ou en blanc cassé sur de la toile de verre à motifs, et où flottaient les mêmes odeurs de produits désinfectants que celles qui avaient accompagné la mort de Nina. Les courses, que son père ne manquait jamais de lui rappeler de faire sitôt posé son sac dans sa chambre d'adolescent, constituaient le seul divertissement auquel il pouvait prétendre durant les quelques jours que tous deux passaient ensemble.

Une pluie fine tombait dans les rues désertes lorsque Andréa sortit. Avec un peu de chance, la boucherie serait encore ouverte. Il prendrait n'importe quoi, des steaks et du taboulé, il n'avait pas faim et encore moins envie de s'embêter à cuisiner.

La mer, non loin de là, apportait dans l'air une odeur de sel et de vase. On pouvait la voir depuis la baie vitrée du salon, et ses effluves parvenaient eux aussi jusque dans la maison lorsque l'on ouvrait les fenêtres - ce qui depuis la mort de Nina restait malheureusement assez rare en raison de la peur des courants d'air qui saisissait régulièrement Patrick.

Andréa s'engagea dans la rue en songeant qu'un jour cette ville, comme la propriété du tableau, disparaîtrait sous les eaux, deviendrait le royaume d'algues et de poissons aux reflets argentés, de lambeaux de plastique et de morceaux de verre poli. Alors toute la douleur qu'elle contenait serait à jamais ensevelie sous le sable et les vagues.

Yoko

Le dîner était terminé, Jean-Claude avait comme souvent laissé sa fille sur la terrasse pour travailler dans son bureau. L'après-midi, ils étaient partis plonger et devant les yeux de Yoko défilaient encore les corolles des anémones, les balistes, les papillons et les idoles des Maures... Ils avaient croisé une petite raie, qui semblait voler sur le sable scintillant comme un oiseau léger et que la jeune fille, le bras tendu vers la peau souple ondulant dans le courant, s'était amusée à suivre quelques instants.

Il faisait nuit et l'on entendait plus bas des airs de rock, la musique d'un festival organisé sur la plage à Saint-Leu. Yoko rentra dans la salle de séjour. La lumière du soir lui manquait un peu, le soleil ici se couchait trop tôt. Elle s'installa dans un fauteuil en face du tableau et songea à la mer, au-delà du jardin et du cadre. Pourquoi donc, se demanda-t-elle encore une fois, ce monde qui s'était si facilement offert à elle lui échappait-il maintenant ? Elle ferma à demi les yeux et s'imagina pénétrer lentement dans l'eau dont elle pouvait presque sentir la douceur, puis se laisser porter par le courant, au-dessus des coraux curieusement illuminés par une lune trop claire. Debout devant le kiosque, retenant son souffle, Andréa la regardait nager sans un mot.

Elle sursauta en entendant son père entrer dans la pièce, incapable de savoir si elle revenait d'un rêve ou du lagon du tableau.

« Tu t'es rebaignée ? fit Jean-Claude. Tu aurais pu te sécher, non ? »

La jeune fille ne répondit pas. Ses cheveux en effet étaient mouillés, de fines gouttes perlaient sur sa peau et son maillot de bain, sec alors qu'ils dînaient au bord de la piscine, avait laissé de larges traces humides sur le tissu et les coussins. En passant la langue sur ses lèvres elle put sentir le goût du sel. Elle fixa son père d'un air à la fois contrit et joyeux, le cœur battant la chamade.

Le botaniste

François Liotay avait fait réaliser des plans par les meilleurs architectes, pris contact avec les meilleurs artisans, fait venir par bateau les matériaux nécessaires. Sa maison devait être la plus belle case créole qu'on eut jamais vue, se dressât-elle à l'écart du monde, sur l'un de ces îlots coralliens coupés de tout, sous administration britannique, très au large de Maurice. Quant au jardin... Il songea à Pierre Poivre et à Monplaisir. Son jardin, écrivait-il à Bélanger, ce serait l'œuvre de sa vie, la combinaison des résultats de ses recherches, un jardin botanique qui ne dirait pas son nom et qui, sous un aspect ornemental, un peu sauvage, constituerait une illustration parfaite de son herbier. Le lieu où pousseraient les graines et les boutures si patiemment récoltées... Cette ambition enfouie au plus profond de son être, il ne l'aurait jamais découverte, et en tout cas n'aurait jamais eu le courage ou l'inconscience de la satisfaire, sans sa rencontre avec une femme.

Les yeux de Liotay s'étaient pour la première fois posés sur Alhadita dans une demeure de Saint-Denis. Depuis quelques années il songeait à se marier, à avoir une descendance. Les traces que laisseraient ses travaux ne lui suffisaient plus, à lui qui pourtant se voyait en solitaire. Il voulait léguer à quelqu'un l'histoire de ses expéditions, mais aussi celle de ses ancêtres, ce qui lui revenait des terres bretonnes de sa mère où il ne mettrait plus jamais les pieds, et de l'argent de son père qu'il méprisait un peu mais lui restait bien utile – tant que son frère n'oubliait pas son existence. Après un examen attentif de la bonne société locale, il s'était décidé pour Odette Desmarais, la cadette de l'une des meilleures familles de l'île. La jeune fille ne lui plaisait pas, car elle ne plaisait à personne, et il ne se faisait lui-même aucune illusion sur le peu d'intérêt qu'il pouvait susciter chez elle – il avait quinze ans de plus. Mais le père d'Odette, mécène féru de botanique, partageait volontiers avec lui des conversations scientifiques durant lesquelles il l'accablait de prétendues découvertes, espérant secrètement parvenir un jour à se voir ouvrir les portes de l'Académie. Non content d'avoir de la fortune et de l'ambition, M. Desmarais n'était pas un imbécile : sa fille, qui portait les traces d'unions consanguines, était si disgracieuse qu'on ne lui connaissait encore aucun prétendant suffisamment recommandable. Liotay, souvent physiquement absent ou, lorsqu'il restait sur l'île, dans la lune, ne serait pas pour elle un grand poids et ne paraissait pas un si mauvais parti : il vivait confortablement sur les rentes des usines de pâte à papier de son père que gérait son unique frère – gestion, renseignements pris, relativement honnête, mais dont il faudrait tout de même l'inciter à se préoccuper un peu plus. En outre, il descendait du côté maternel de la petite noblesse bretonne, alors que les Desmarais, dont les ancêtres étaient de simples marins brestois, manquaient pour l'heure de verni aristocratique.

Ces derniers temps, lorsqu'il était en ville où il demeurait davantage, le botaniste se trouvait donc reçu de plus en plus fréquemment chez les Desmarais, arborant courageusement, pour chacune de ses visites, une attitude et des costumes empesés – lui qui depuis l'enfance ne se sentait heureux que seul et en pleine nature, muni de sa sacoche de cuir remplie de pinces, de boîtes et de carnets, et vêtu de chemises et de pantalons amples qui lui donnaient l'allure d'un paysan.

Un après-midi qu'il s'apprêtait à quitter ses hôtes, plutôt satisfait de son effet mais transpirant comme un beau diable, et alors qu'il regardait par l'une des fenêtres du grand salon, il aperçut une femme qui se dirigeait d'un pas rapide vers les bâtiments de service. Une peau brune d'Indienne, des vêtements simples, mais un port de tête, une élégance évidente et bien plus palpable que chez tous ceux qui se trouvaient là, malgré leurs titres et leurs fortunes. Cette vision le frappa. Il n'avait jamais remarqué cette femme qui, s'il ne se préoccupait habituellement pas des domestiques, n'aurait certainement pas manqué d'attirer son attention. Une question timide de sa peut-être future fiancée, à qui l'on avait dû recommander de se montrer aimable, lui fit détourner le regard et, lorsqu'il le porta de nouveau au-delà de la fenêtre, l'Indienne avait disparu.

Mais trois jours plus tard, alors qu'il revenait vers la demeure avec Odette et l'un de ses frères après une promenade dans le parc durant laquelle il les avait noyés de discours savants, cette même femme apparut un court instant devant eux et lui lança un regard qui le fit trembler de tout son être. Il sut alors qu'il ne pourrait jamais se passer de ce corps souple et de l'éclat liquide de ces yeux noirs.

Andréa

« Ton père ne peut pas comprendre, dit Nina, rassurante. C'est une question de sensibilité, cela ne sert à rien d'insister. »

Andréa la regarda tristement. Il savait qu'elle avait raison, mais cela lui paraissait terriblement injuste. Sans doute sa mère, après toutes ces années auprès de Patrick, et toutes celles passées au plus profond du tableau, avait-elle perdu espoir et acceptait-elle donc cette évidence sans souffrir.

Il avait apporté la toile à son père en songeant que, peut-être, sa vue réveillerait en lui quelque chose. Il ne pouvait lui dire que Nina l'attendait à l'intérieur, il fallait que Patrick le vive.

Sa mère occupait désormais dans la maison une chambre de plain-pied, afin de lui permettre, lorsqu'elle en avait la force, de faire quelques pas sur la terrasse. Elle se portait mieux qu'à l'hôpital, elle ne souffrait pas car l'existence dans le tableau annihilait les douleurs du corps, mais elle y était entrée les os rongés par la maladie, elle ne pouvait se mouvoir comme autrefois, ne parvenait qu'à marcher cinq ou six minutes avant d'éprouver le besoin de s'asseoir.

« C'est supportable parce que je ne ressens aucune douleur, disait-elle, que je n'ai besoin de rien, que les oiseaux me tiennent compagnie, qu'il fait beau et que je peux de nouveau marcher, de temps en temps. Et puis surtout que tu es maintenant avec moi. »

Andréa s'étonnait à peine de la voir si calme, si résignée. Quelques pas, une fenêtre, des oiseaux et des lézards... À l'hôpital on ne lui avait pas promis bien pire pour le temps qui lui restait, mais ici les choses étaient différentes. Ici on ne renonçait pas à la vie, ni à la dignité ni à la beauté. Il ne parvenait pas à imaginer ces années d'attente au bord du lagon, en dehors du cadre, mais il sentait que la quiétude de ces lieux coupés du monde et de ses drames, qui l'apaisait tant lorsqu'il s'y abandonnait quelques minutes, avait eu sur l'humeur de sa mère une influence bénéfique. Il se disait qu'il pourrait peut-être voir son état s'améliorer encore, s'il l'accompagnait dans ses exercices quotidiens.

***

Patrick avait laissé son fils fixer, comme hypnotisé, le tableau suspendu dans le salon de sa maison et il était parti se coucher en maugréant. Il passa une très mauvaise nuit, se réveillant régulièrement, tournant et se retournant bruyamment dans son lit, espérant ainsi alerter Andréa qui s'était finalement enfermé dans sa chambre vers deux heures du matin et faisait semblant de dormir.

Au petit déjeuner il se montra d'une humeur massacrante, se plaignit que le pain était sec, la confiture trop sucrée, et toute la journée se déroula ainsi. L'orage grondait sourdement entre les murs. Andréa songeait qu'il aurait mieux fait de laisser son père dès le dimanche soir, au lieu de prendre deux jours de congé pour l'accompagner chez le dentiste et l'aider dans diverses démarches administratives dont il savait bien qu'il refuserait finalement de les accomplir.

Au-dehors également, après un après-midi terne et triste, une tempête s'annonçait dans un ciel qui se parait lentement de rouge et de noir.

Celle-ci éclata d'un seul coup, à peine le soir venu, faisant violemment claquer les volets qu'Andréa se hâta de fermer sous le regard anxieux de son père. Les deux hommes dînèrent en silence, dans le bruit des rafales et des trombes d'eau de plus en plus violentes qui s'abattaient sur le toit et sur la ville entière, à la lumière vacillante de bougies car l'électricité menaçait de sauter. À la table de la cuisine plongée dans une semi-obscurité, protégé des tourbillons de pluie et de vent, Andréa pensait à ses grands-parents, qui avaient connu la guerre, les bombardements, l'attente dans les caves, le danger et la proximité de la mort - et à l'horreur de tout ce que les hommes sont contraints de vivre.

La tempête cependant ne s'apaisait pas et à quelques centaines de mètres l'océan s'emportait, on entendait ses à-coups jusque chez Patrick. Après quelques heures de lutte les vagues submergèrent soudain les digues et l'eau tourbillonnante, déferlant sur le front de mer, s'engouffra jusque dans les rues. Au milieu de la nuit, dans un hurlement de sirènes, on fit évacuer les bâtiments construits à proximité de la côte. Père et fils passèrent de longues heures dans un gymnase sur une colline, Andréa comme sonné, le tableau enveloppé dans des sacs en plastique et serré entre ses bras, Patrick bougon, râleur et gémissant, refusant d'adresser la parole à ceux qu'il connaissait.

Le lendemain matin le vent était tombé, l'océan avait regagné son cadre habituel et le soleil brillait à nouveau sur les façades. Mais il régnait dans la partie de la ville la plus proche de la mer un grand désordre d'algues et de boue, de vitres brisées, de déchets, de tôles et de voitures déplacées. Dans la maison de Patrick, l'eau s'était infiltrée sous la porte d'entrée, et une large flaque qu'il fallut évacuer au balai vers le trottoir nappait le sol carrelé du rez-de-chaussée.

Jusqu'à sa rencontre avec la jeune fille dans le tableau et plus encore la tempête dans la ville de son père, Andréa ne prêtait pas véritablement attention à l'environnement. Il circulait sur un vieux vélo rouillé qu'il préférait aux Vélib' parce que personne d'autre ne s'y asseyait et n'en touchait le guidon, tâchait de pas jeter trop de nourriture, de ne pas trop laisser couler l'eau lorsqu'il se lavait les dents et de trier à peu près ses déchets mais sans se plier tout à fait à l'opération « Paris compost » parce que les épluchures et les morceaux de fromage avariés empestaient son studio. Le changement climatique, il ne le remettait pas en cause et, s'il y en avait eu suffisamment à l'échelle géologique, il était évident pour lui, sans qu'il ait besoin pour s'en convaincre de démonstrations scientifiques, que la cause ne pouvait qu'en être l'activité humaine, de la même manière que lorsque l'on remplit une bouteille de gaz divers elle finit par exploser. Il se rappelait parfaitement avoir étudié, au collège, une carte de France sur laquelle on représentait la montée des eaux, cinquante, cent ans plus tard : même Paris y apparaissait couvert de bleu, et ce futur que l'on semblait maintenant découvrir alors qu'il figurait déjà sur ses livres de classe constituait dans son esprit une donnée aussi certaine que la date de la bataille de Marignan. Cependant, jusqu'alors, il demeurait lointain à son échelle, à tel point qu'il n'y songeait pas. La COP de Paris, qui s'était tenue l'année précédente, et l'accord du même nom ne l'avaient marqué qu'en raison de leur proximité avec les attentats du Bataclan. Et tout comme Marignan ne signifiait pour lui plus grand-chose, les épisodes considérés comme révélateurs et qu'il avait pourtant vécus n'atteignaient pas l'intensité dramatique de la mort de sa mère, et conservaient pour lui un caractère abstrait que le ton désormais indifféremment catastrophique des informations télévisées au moindre coup de vent ne parvenait pas à démentir.

Pourtant, les paroles de la jeune fille dont l'image ne le quittait plus l'avaient marqué, et la tempête survenue comme par un fait exprès chez son père leur donnait maintenant une réalité bien palpable. Il imaginait sans aucune peine la maison créole du tableau de Liotay et son beau jardin moisissant tristement au milieu de lambeaux d'océan, avec par endroits l'éclat métallique du flanc d'un poisson agonisant. Il en venait parfois à s'inquiéter de ce qui pourrait un jour survenir dans l'œuvre elle-même. Dans cet espace qui semblait hors du temps, le seul où il pouvait trouver refuge, le monde resterait-il véritablement figé ? Les plantes y fleurissaient, les oiseaux y construisaient des nids compliqués dans lesquels ils nourrissaient des petits qui grandissaient, sa mère elle-même se remettait très lentement, les vagues parfois semblaient plus fortes sur le récif, et dans le lagon naissaient et mourraient des myriades de poissons tropicaux...

Désormais, entre deux factures, il passait de plus en plus de temps à glaner des renseignements sur les sites des institutions, des gouvernements, des associations, des activistes de tout poil, des journaux et des spécialistes, il se plongeait dans les rapports du GIEC et sentait monter en lui une véritable inquiétude. Dans son esprit, parmi les chiffres de ses bons de commande évoluaient maintenant des dates et des données scientifiques, et l'avenir d'un bleu profond illustré par la carte de son adolescence lui paraissait bien plus proche et tragique qu'à l'époque. Certains jours, au milieu de rien, une angoisse le prenait. En Océanie, lisait-il, plusieurs des îles Salomon, pour lui théâtre de la Seconde Guerre mondiale, avaient déjà disparu. Plus loin dans le Pacifique, un archipel dont il apprenait l'existence achetait des terrains aux Fidji pour, écrivait-on, y loger sa population. Dans le delta du Gange, un photographe immortalisait, par des clichés d'une grande douceur, des hommes, des femmes et des enfants exilés sur des confettis de terre et d'herbe, au milieu d'une vaste nappe limoneuse. Un peu partout des vagues pénétraient dans les boutiques et les hôtels des bords de mer, il neigeait à San Francisco, et sur l'île de Tangier, en Virginie, on trouvait des crabes et des poissons dans les jardins. On parlait de construire des villes flottantes, à défaut de sauver celles qui depuis des millénaires sont ancrées sur la terre ferme. Des villes flottantes, comme ces villages de pêcheurs en Asie qui pourtant ne survivraient pas, eux non plus. Andréa listait en pensée les faits, les échéances, les drames en attente. À mesure qu'il se renseignait, il en venait à aborder d'autres sujets, englobant dans un étrange pot-pourri les cyclones et les canicules, la fonte des pôles et du permafrost, les déchets flottant sur les mers à perte de vue, la disparition des ressources halieutiques, la crainte d'épidémies, d'accidents de toutes sortes, de conflits pour la gestion des eaux et des terres cultivables, le clonage humain, l'avènement de l'intelligence artificielle et les risques d'un monde ultraconnecté saturé d'ondes électromagnétiques nocives et à la merci d'un cerveau dérangé. Lorsque, le midi, à la cantine du ministère, il s'en ouvrait à ses collègues, ceux-ci lui souriaient gentiment, comme à un gamin trop rêveur, au-dessus de leurs plateaux-repas en plastique garnis d'un couscous un peu fade.

En songeant à la période tranquille de son enfance pourtant si brève, il ressentait une profonde tristesse. Il avait depuis longtemps cette conscience de l'impermanence et de la mort, mais elle remontait maintenant du plus profond de son être, prête à déborder elle aussi. Dans soixante ou soixante-dix ans, songeait-il ce soir-là dans son bureau déserté tandis qu'il déplaçait le curseur de la montée des eaux sur les cartes interactives de la Nasa, la ville de son père serait inhabitable, en effet, comme dans son vieux livre de classe. On pourrait construire des digues, tenter de bloquer l'avancée de l'océan dans les sous-sols, mais encore fallait-il admettre le problème, braver l'incompréhension populaire et trouver l'argent, d'autant plus que le gain ne serait que de quelques années... Sur la côte atlantique, où de petites communes courageuses déplaçaient déjà de quelques mètres les bâtiments les plus exposés, l'on trouvait des immeubles devenus inhabitables et dont les propriétaires attendaient vainement une indemnisation. Le jeune homme en venait à se dire que, lorsque son père ne serait plus là, il vendrait la maison, il investirait dans les hauteurs. À moins qu'il ne parte plus loin, mais où, quel endroit sur cette terre serait épargné ? Il revivait la tempête, l'eau sur le carrelage de l'entrée... Un jour, la maison que ses parents avaient aimée, branlante, pourrissant parmi les algues, les coquillages et les sacs éventrés n'aurait plus aucune valeur, du vent. Il ne resterait bientôt de son enfance et de ses souvenirs qu'un peu de vase et le tableau peint par sa mère. Un rêve, en somme. Depuis tout petit d'ailleurs, il ne lui restait plus que les rêves où se réfugier.

Le botaniste

Les jours qui suivirent sa rencontre - si l'on peut employer ce terme - avec la femme à la peau brune, François Liotay ne tint pas en place. Il passait ses nuits à tourner en rond, dévoré par les moustiques sous la varangue de la case créole qui constituait depuis des années sa base arrière à Saint-Denis, buvant plus que de raison le rhum arrangé préparé par sa cuisinière, houspillant son personnel et se trouvant incapable de se concentrer sur un livre, de travailler à son herbier ou à ses planches botaniques. Les échantillons récemment prélevés se détérioraient, mais il n'en avait cure. D'ailleurs ses mains ne lui obéissaient plus, elles tremblaient dès qu'il tentait de saisir la moindre feuille, la moindre fleur du bout de ses pinces, et plus encore lorsque après avoir installé sur son bureau sa boîte d'aquarelle, ses crayons et ses pinceaux il tâchait d'en reproduire le dessin. L'Indienne emplissait tout son corps et toutes ses pensées.

À la moindre occasion, oubliant le sens des convenances que, malgré une vie aventureuse, il conservait jusqu'alors, il se précipitait chez les Desmarais, à tel point que l'on commença à s'y indigner de l'intérêt qu'il portait, pensait-on, à la pauvre Odette et dont les manifestations dépassaient largement ce que les usages autorisaient. La jeune fille s'inquiétait elle aussi. À chacune de ses visites, son presque fiancé semblait fiévreux, tourmenté. Elle ne parvenait pas à capter son attention, se sentait transparente et, dans le même temps, mise à nu par chacun de ses regards. En réalité Liotay ne la voyait plus, si tant est qu'il l'ait jamais regardée. Il ne l'écoutait pas ni ne l'entendait. Certains soirs, dans le secret de sa chambre, elle pleurait amèrement sur cette union qu'elle redoutait mais qu'elle se prenait à souhaiter tout à la fois depuis qu'elle la voyait s'éloigner. Ses parents, quant à eux, s'agaçaient de cette attitude inconvenante. Dans la ville, on commençait à jaser. Liotay ne faisait toujours pas sa demande et ils en venaient à douter d'être, le moment venu, encore en mesure de l'accepter.

Tourmenté, le botaniste l'était de plus en plus. Discrètement - du moins le pensait-il –, il se renseignait sur l'objet de son trouble, et ce qu'il apprenait le remuait au plus haut point. Alhadita était, lui rapportait-on, une ancienne esclave, née dans le domaine des Desmarais d'une mère originaire du sud de l'Inde. On l'avait baptisée Louison, mais dans les cases qui accueillaient désormais de nombreux engagés Malbars et

Tamouls, personne n'usait plus de ce prénom, et même ses maîtres parfois employaient celui d'Alhadita – la seule chose qui lui restât de sa mère, le prénom que celle-ci avait elle-même abandonné en accostant sur l'île. Sans famille proche, la femme faisait partie de ceux qui, malgré l'abolition de l'esclavage, continuaient à travailler pour leurs anciens maîtres, et dans des conditions similaires à celles qu'ils avaient subies jusqu'alors. Elle était encore une enfant en 1848, elle était seule, ne connaissait que le monde de la plantation et craignait celui de l'extérieur. Sa mère était morte en couches et l'on disait que peu avant sa naissance son père, esclave malgache employé comme forgeron, avait fui pour se réfugier dans le cirque de Mafate. On prétendait aussi qu'elle connaissait le pouvoir des herbes et des écorces, et qu'elle avait sauvé des vies durant les épidémies de variole et de choléra de 1859 dont elle avait préservé la propriété. Elle se trouvait depuis toujours affectée au service de la maison, mais en raison de sa beauté, qui allait s'épanouissant au fil des années, Mme Desmarais la tenait éloignée de ses hôtes, de son mari et de ses fils. Elle restait donc aux cuisines, où elle s'acquittait parfaitement de ses tâches sans échapper pourtant à des visites intempestives et brutales qu'elle subissait sans mot dire depuis ses onze ou douze ans et que, pendant longtemps, elle considéra malgré leur peu d'agrément, quelques blessures et quelques larmes, comme inévitables et naturelles.

Liotay, ayant mandaté le serviteur qui l'accompagnait depuis son arrivée sur l'île pour glaner ces informations, écoutait ces récits avec une colère contenue mêlée d'un désir grandissant et, parfois, d'une détresse tout aussi douloureuse. Le soir, alors qu'incapable de trouver le sommeil il déambulait à grands pas ou se livrait à des plaisirs honteux et solitaires dans son jardin envahi par une obscurité profonde et mystérieuse, il s'imaginait tour à tour faire enlever la jeune femme, la prendre avec une brutalité insoupçonnée au détour d'un sentier, donner son nom à une fleur nouvelle ou l'étendre sur son lit comme un précieux pétale. Plus prosaïquement, le soleil revenu, il échafaudait des plans pour la voir travailler dans sa maison, se persuadait qu'elle suivrait Odette après leurs noces vers lesquelles il tardait à s'engager. C'est au cours de ses rêveries fiévreuses qu'il songea, pour la première fois, à créer pour eux un refuge, loin du monde et du temps.

Yoko

Yoko marchait silencieusement sur l'allée teintée d'or. Elle aimait voir la nuit tomber sur le tableau. Au rez-de-chaussée de la maison, une fenêtre restait allumée et de là s'échappait une musique. La jeune fille savait qu'Andréa avait installé Nina dans cette pièce. Parfois elle lui rendait visite, lui apportait des fruits ou un bouquet d'anthuriums qu'elle arrangeait dans un vase en cristal de Baccarat, sur la commode de palissandre. Mais ce soir elle n'irait pas. Elle cherchait sa mère. Puisque celle d'Andréa avait passé toutes ces années dans le domaine, on pouvait imaginer, se répétait-elle, que la sienne s'y trouvât également réfugiée. Même si jamais Yumi n'avait à sa connaissance évoqué la possibilité d'entrer à l'intérieur du tableau, et même si elle conservait les yeux fermés durant son agonie, Yoko voulait y croire. Alors, puisqu'elle parvenait de nouveau à y pénétrer, chaque soir, lorsque son père serait couché, elle partirait à sa recherche. En ce moment, obnubilé par son travail, Jean-Claude n'était pas en état de surveiller ses faits et gestes.

Depuis plusieurs jours en effet, le biologiste se sentait plus défait qu'à l'ordinaire. Aucun de ses projets n'avançait de manière un tant soit peu satisfaisante, partout les coraux blanchissaient, les boutures ne tenaient pas, tandis que, parallèlement, les crédits du laboratoire diminuaient et, dans son sommeil, le souvenir de sa jeunesse à Hawaii, celui de la beauté de Yumi et de toutes ces années heureuses et à jamais perdues revenait le hanter.

L'attitude de plus en plus solitaire et réservée de Yoko ne l'inquiétait pas, car il la remarquait à peine. Il se plongeait avec frénésie dans le travail, espérant alerter le monde par ses publications, sans s'apercevoir que la jeune fille passait maintenant toutes ses nuits assise à la table du salon, les yeux fixés sur le tableau, ses cernes s'élargissant un peu plus chaque matin.

Andréa

À plusieurs milliers de kilomètres au nord, Andréa parcourait comme une âme en peine les couloirs de son ministère, des parafeurs plein les bras, hésitant, alors que sa journée de travail était depuis longtemps achevée, à rentrer chez lui où rien ni personne ne l'attendait.

Ces derniers jours, son père ne lui laissait pas une minute, l'appelant à toute heure en quête d'un réconfort qu'il se sentait incapable de lui offrir. Lorsqu'il entendait la sonnerie ou sentait les vibrations de son téléphone, le jeune homme refrénait un sursaut, son pouls s'accélérait et, le plus souvent, il ne décrochait pas, il cachait l'appareil dans un tiroir ou au fond de sa poche, trouvait un prétexte pour passer dans un autre bureau. Patrick laissait toujours quelque chose sur le répondeur, un message inutile et angoissé qu'il ne consultait pas, se contentant de le rappeler lorsqu'il se sentait à peu près mieux. Mais chacun de ces coups de fil le déprimait à nouveau. Lorsque quelqu'un d'autre lui laissait un message, il était obligé pour l'atteindre d'effacer un à un ceux de son père et, s'il ne les écoutait pas jusqu'au bout, le son de sa voix, d'un premier mot agacé ou désespéré lui portait à chaque fois un coup dans la poitrine. De retour chez lui, KO comme après un match de boxe, il n'aurait même pas trouvé la force ou la fantaisie de faire, s'il l'avait pu, un tour dans le tableau, laissé chez son père dans le vain espoir qu'un jour son regard s'y attarde. Il s'inquiétait pour sa mère qui restait seule dans le domaine et qui, elle, ne se plaignait pas – comme elle ne s'était jamais plainte, à sa connaissance, durant sa maladie. Il se demandait, aussi, si la jeune fille aux yeux bridés continuait de s'y promener. Il conservait l'espoir, et une crainte un peu absurde également, de l'y revoir.

Le botaniste

Dans le ciel les nuages avaient pris une teinte d'un brun violacé, inquiétante. Autour du navire la mer virait au vert. Un vert métallique, avec des reflets noirs.

La *Caroline* voguait plein est, l'écume se brisait à sa proue. Le vent s'était levé, les mâts grinçaient et à bord la tension commençait à se faire perceptible. Ce n'était pas un simple grain, le capitaine et l'équipage le savaient, bientôt il faudrait lutter.

Pour l'heure cependant le bateau baignait dans une atmosphère étrange et silencieuse. On entendait seulement les gémissements sourds monter crescendo, des ordres brefs et les cris des matelots, détachés, comme très lointains, étrangers. Sur le pont, Liotay aussi comprenait, sentait monter en lui une excitation grandissante. La pluie tombait, presque légère, et le ciel devenait de plus en plus menaçant. Un éclat lumineux apparut au sommet d'un mât. La tempête prenait son temps. Une rafale soudaine poussa le botaniste en avant. L'espace d'un instant il se sentit soulevé et se rattrapa de justesse à un hauban. Autour de lui les hommes s'affairaient, indifférents à sa présence, préoccupés seulement de leur tâche, amenant de toutes leurs forces les voiles qui se tendaient tandis que l'on mettait le navire à la cape. Leurs muscles saillants brillaient sous l'effort et la pluie, dans la lueur étrange de cette fin d'après-midi.

Brusquement l'ombre gagna toute la surface de l'eau, et alors le vent redoubla de puissance. Les nuages, énormes et charbonneux, crevèrent d'un seul coup en un véritable déluge, lézardés d'éclairs ardents. Sans raison, mû par une sorte d'instinct, Liotay s'élança en trébuchant vers l'arrière du navire. La *Caroline* était maintenant ballottée comme un fétu de paille, elle montait, s'immobilisait parfois un interminable instant, puis plongeait en craquant sur l'eau devenue montagne, dans un vacarme infernal de houle et de tonnerre.

Le botaniste s'était laissé tomber sur le pont, la face offerte au vent, à la pluie et aux embruns dont il ne cherchait pas à se protéger. Il riait, grimaçait, comme pris de folie. En vérité il se sentait libre comme jamais, profondément heureux dans ce cauchemar. La nuit était toute proche mais elle semblait déjà tombée depuis des heures et, au-dessus de lui, dans les crevasses tracées sur les nuages par les éclairs, il croyait distinguer la lune. Celle-là même qu'il contemplait, les yeux pleins de rêves et d'aventures à la fenêtre de sa chambre d'enfant, dans sa petite ville de province, mais qui apparaissait ici en un croissant inversé, dans un ciel identique et différent tout à la fois. Personne ne le vit lorsque, profitant du tangage, il empoigna un cordage et se laissa porter par-dessus bord.

Andréa

Nina ne dit rien. Elle avait fait son deuil depuis longtemps déjà. Mais dans l'obscurité une larme coula néanmoins, silencieuse, sur sa joue, et s'écrasa sur le plancher sans qu'elle esquisse le moindre geste pour la retenir.

Patrick gisait, les yeux clos.

Andréa lui tenait la main, et dans le tableau il caressait celle de sa mère, créant ainsi entre eux le lien qu'il n'était pas parvenu à tisser avant la tempête. Il était arrivé juste à temps, à peine quelques heures avant la fin, en catastrophe, depuis Paris. Il avait couru jusqu'à la gare dès l'instant où on l'avait prévenu. Pris le métro au milieu des silhouettes sales et fatiguées, de tous ces gens qui ne savaient pas, qu'il haïssait, et pour qui la mort et la vie n'existaient pas.

Son père n'avait rien vu venir. Un arrêt cardiaque, sur le chemin de la pharmacie. On l'avait immédiatement pris en charge, plongé dans un coma artificiel - ce que Patrick lui-même, qui vivait secrètement depuis tant d'années avec l'idée et le dégoût de la souffrance, aurait pu souhaiter de mieux.

Il ne fallait pas être triste, disait doucement le jeune homme à sa mère. Mais c'était bien lui qu'il tentait de rassurer. Depuis toutes ces années il pensait s'être blindé, il n'aurait pas cru ressentir une douleur aussi profonde. L'espoir ne l'avait jamais vraiment quitté, et il s'en voulait de ne pas être parvenu à faire en sorte que Patrick aille mieux, ni qu'il pénètre dans le monde du tableau. Il avait essayé, pourtant, jusqu'à la dernière seconde. À son arrivée il était passé dans la maison prendre la toile pour la lui montrer, au risque de perdre quelques précieuses minutes. Et maintenant, il songeait à la chance qu'ils avaient laissée passer, tous, parce qu'il ne lui avait pas dit la vérité. Même si Patrick ne l'aurait pas cru, peut-être, dans la solitude de sa maison, aurait-il un jour tenté l'expérience. Ou bien, au dernier moment, le désespoir aidant, aurait-il ouvert les yeux sur son lit d'hôpital en se souvenant de ses paroles et aurait-il pu faire l'effort nécessaire pour dépasser le cadre de l'œuvre de Liotay. En s'installant à son chevet, Andréa lui avait tout raconté, mais il était déjà trop tard, son père gardait les paupières closes, parcourues de petits sursauts nerveux. Il ne se rendait sans doute même pas compte de sa présence, il n'était plus qu'avec lui-même.

Le jeune homme posa le bras autour des frêles épaules de sa mère qui s'était redressée en tremblant sur son fauteuil.

« Allons voir le lagon, dit celle-ci. Si tu me soutiens, ce soir, j'aurai le courage de marcher jusque là-bas. Ton père aurait apprécié cet endroit, j'en suis certaine. Parfois tu sais il m'arrivait de mettre les pieds dans l'eau. À trente centimètres du bord à peine on peut voir de petits poissons, et à cette heure ils ne bougent pas, ils dorment, les yeux ouverts, autour des rochers. »

Andréa ne répondit pas, il fixait le sol en bois précieux, la larme qui ne séchait pas. Lorsqu'il releva la tête, son regard croisa celui de la jeune fille qui les observait avec tristesse à la limite du jardin où elle venait tout juste d'apparaître, petite silhouette claire dans la nuit sombre et parfumée.

Le botaniste

La disparition de Liotay fit grand bruit dans la communauté désœuvrée qu'il côtoyait encore moins de deux ans plus tôt. On en parlait à mots couverts pourtant, essayant de dissimuler ce qu'elle pouvait rappeler de plus scandaleux. Odette Desmarais, qui attendait toujours, sans succès, un prétendant et que cette nouvelle mettait une fois encore sur le devant de la scène, en voulait terriblement à cet homme qui l'avait abandonnée, bafouée, cessant brusquement ses visites alors que partout l'on ne parlait que de sa demande prochaine, et tout cela, soufflait-on, pour s'installer maritalement avec cette Indienne - une ancienne esclave, une sorcière à la peau noire et aux mœurs dépravées, qui jusque-là vivait sur les terres de sa famille à laquelle elle devait tout. La mort du botaniste, si elle amenait la bonne société de l'île à évoquer de nouveau son histoire malheureuse et lui valait quelques regards peinés - ou ravis - était cependant, songeait la jeune Odette avec le peu d'intelligence dont elle se trouvait capable, une bonne chose. Meilleure en tout cas que la vie reculée qu'il menait, faisant, disait-on, construire pour sa maîtresse, quelque part sur un îlot perdu comme un petit paradis, quoique certainement envahi de moustiques et d'insectes venimeux, une maison que l'on prétendait grandiose.

De la belle Alhadita, personne n'avait aucune nouvelle. Certains soutenaient qu'elle était morte elle aussi lors de la tempête et allaient jusqu'à prétendre que le botaniste l'avait épousée en secret, conformément à une coutume païenne. D'autres murmuraient qu'elle s'était enfuie, chassée par le frère de Liotay qui pourtant ignorait son existence – et dont on était incapable d'expliquer ou même de confirmer la présence dans l'océan Indien, ni l'intérêt qu'il aurait eu, honnête ou pas, à retrouver son cadet dont la passion pour les plantes et les rêves de solitude arrangeaient certainement ses affaires. Ces différentes rumeurs circulaient, discrètement, dans les salons, mais les Desmarais gardaient le front haut, les affrontaient avec toute la dignité dont ils étaient capables en attendant qu'elles s'éteignent. À l'église de leur paroisse, le prêtre avait parlé à mots couverts de la punition divine qui frappait tant les vies dissolues que les médisants. Pendant ce temps, un confrère et ami de Liotay qui s'était rendu dans la maison inachevée faisait envoyer son herbier et ses planches à Paris, conservant seulement en souvenir le tableau dont, un jour, un petit-neveu de la pauvre Odette, morte vieille fille, ferait l'acquisition pour commencer sa collection, ignorant tout, bien entendu, de cette histoire.

***

Alhadita, en réalité, n'avait pas péri avec Liotay. Elle ne se trouvait pas sur le bateau, ni d'ailleurs dans la maison.

Lorsque le domestique du botaniste l'avait abordée, elle s'était facilement laissé convaincre. Elle savait que l'homme depuis plusieurs semaines se renseignait sur elle, elle avait eu tout le temps d'y réfléchir. Depuis son enfance on la malmenait, sa vie comme son corps ne lui appartenaient pas. L'idée des richesses et de l'exil ne pouvait lui déplaire, même si celles de la liberté et du respect, vantées par le serviteur de Liotay, demeuraient floues. Il y avait bien, dans la maison des Desmarais, un homme qui tenait à elle au point qu'on pensait les marier, mais elle ne l'aimait pas beaucoup plus que les autres, car il ne pouvait rien lui offrir et, par un mélange de peur, de lâcheté et d'habitude, il ne saurait pas la défendre. Tout comme elle-même, malgré sa connaissance des plantes qui soignent et de celles qui tuent, était incapable de briser seule les liens qui la tenaient prisonnière. Qu'on la marie ou non, sa vie demeurerait la même. Alors un soir, elle avait rassemblé ses maigres effets et elle était partie. Elle avait suivi Liotay, elle l'avait subi comme elle subissait depuis des années les assauts de ses maîtres, avec résignation, comptant sur ce qu'il lui offrirait en retour. Mais, malgré les présents nombreux et la maison sortie de terre, le bonheur restait une belle illusion. Il ne pouvait en être autrement puisqu'elle avait pensé y accéder par un autre esclavage. Peu à peu, alors qu'elle comprenait son erreur, sa résignation et son pragmatisme s'étaient mêlés de haine. Une haine féroce, tenace, alimentée par tout ce qu'on lui avait promis, par le mirage qu'entretenait cette nouvelle vie, et qui contenait toute la colère jusqu'alors réfrénée.

Sur la petite île où ils avaient accosté, au terme d'un voyage qu'elle avait par discrétion effectué avec les domestiques, des Malgaches récoltaient le coco. On n'y trouvait pas d'autres Blancs, le botaniste avait vendu ses services à la compagnie britannique qui exploitait les plantations pour obtenir le droit d'y construire sa demeure et d'y vivre seul. Tous ces gens, presque ses semblables, la montraient du doigt comme l'auraient fait les notables de Saint-Denis. Liotay, lui, ne voyait rien, il voulait croire que tout pouvait s'effacer, aveugle et sourd, perdu déjà dans un rêve absurde d'harmonie universelle. Il ne comprenait pas qu'il était lui aussi un bourreau, ni que, lorsqu'il parlait à Alhadita de son jardin, lui montrait ses planches pour qu'elle y mêle son savoir en pensant l'interroger comme son égale, quelque chose dans l'intonation de sa voix donnait à croire à celle-ci qu'il s'employait à lui voler jusqu'à ses secrets. Une nuit où elle avait encore une fois dû lui ouvrir sa porte et ses bras, elle était descendue dans le jardin. À l'aide de ces plantes qu'il aimait tant, celles qu'il y avait introduites, elle s'était fait mourir au pied d'un arbre magnifique. Le plus vieil arbre de l'île qui n'en comptait pas beaucoup, amené là par on ne sait quels vents, cet arbre qui avait déterminé l'emplacement de la propriété et l'un des angles du tableau. Elle se vengeait ainsi de tout ce qu'elle avait vécu, elle sentait que Liotay souffrirait, qu'il en mourait peut-être, et elle y avait trouvé une grande jouissance.

On découvrit Alhadita au petit matin, allongée sur l'herbe comme si elle dormait, un sourire moqueur au coin des lèvres. Liotay pleura sur son corps trois jours et trois nuits et, à l'aube du quatrième jour, donna l'ordre que l'on abatte l'arbre, que l'on en brûle la souche. Puis il s'embarqua sans un seul bagage sur la *Caroline*, venue ravitailler l'île et qui appareillait le matin même, abandonnant à jamais son domaine et ses rêves.

Yoko

Jean-Claude venait d'allumer la télévision et sur l'écran défilaient des arbres ballottés comme des fétus de paille dans un ciel de cendre, et des rues inondées, des embarcations de fortune et des personnes réfugiées sur les toits, agitant les bras. Des militaires et des blessés hélitreuillés. Des scènes de désastre et de sauvetage au lendemain d'une nuit sans trêve.

« ... par des rafales de plus de deux cents kilomètres heure », faisait la voix.

Dehors, au-delà de la baie vitrée du salon, dans le calme de l'air du soir, Yoko regardait la nuit qui tombait, paisible, sur l'océan Indien. Quelques oiseaux, timidement, criaient encore dans les branches et les palmes bercées par une brise légère. Tout cela semblait si loin, presque irréel.

« L'électricité est coupée dans près de quarante mille foyers, continuait le journaliste avec un ton de circonstance. Les autorités ont indiqué il y a une heure que les murs de protection de la centrale nucléaire de S. n'étaient pas parvenus à contenir le déferlement des vagues, mais que la situation est sous contrôle. Elles appellent la population à garder son calme et à suivre les instructions. Par sécurité, une zone de cinquante kilomètres autour de la centrale sera évacuée dans les prochaines heures. »

L'écran se bornait à diffuser, en boucle, les mêmes images entrecoupées de films amateurs pour illustrer la force du vent : un réverbère secoué comme une brindille et finalement arraché, une voiture emportée. Jean-Claude réprima un geste indéfinissable, d'agacement ou de dépit, et éteignit le poste.

« Tu parles », grogna-t-il.

Yoko le regarda. Elle sentait les larmes lui monter aux yeux en pensant à tous ces gens, là-bas, qui il y a quelques heures à peine vivaient encore normalement, étaient heureux peut-être, sans même le savoir, et se trouvaient maintenant privés de tout, pris dans une suite d'événements incontrôlables. Elle connaissait cela, elle l'avait vécu avec la mort de sa mère.

« Ne t'en fais pas ma chérie, fit Jean-Claude d'une voix devenue plus douce. Tout cela se passe très loin de chez nous, de toute façon. »

Il enrageait en pensant aux progrès de la science, susceptibles de sauver le monde comme de le détruire, aux intérêts politiques et financiers et aux mauvaises directions que les hommes ne cessent de prendre, incapables de tirer les leçons du passé et de leurs connaissances. Comme souvent cela le ramena à sa femme, à cette maladie que dans quelques années peut-être on pourrait soigner, et à sa fille qui verrait l'avènement d'un monde dans lequel on tenterait partout de se protéger des tempêtes et des canicules, et où les baleines qu'il apercevait encore de chez lui, ou les éléphants qui faisaient la joie de son enfance, ne seraient plus qu'un lointain souvenir.

Baissant les yeux, Yoko repensait aux paroles du journaliste, à la centrale submergée. Elle songeait que si un accident nucléaire se produisait de nouveau, même très loin de leur petite île, les effets s'en feraient ressentir sur l'ensemble de la planète. Entre les écailles des poissons, dans les particules de l'air que l'on respire et le plumage des oiseaux. Dans les couleurs des coraux que son père étudiait sans relâche pour les préserver. Comme dans le corps si jeune et si beau de sa mère.

Andréa

Au même moment, dans le bureau d'Andréa, les fils d'actualité des journaux en ligne s'affichaient sur tous les téléphones portables. Le service informatique avait envoyé un message au personnel, demandant d'éviter les connexions aux sites d'informations qui augmentaient les risques de piratage. Plusieurs d'entre eux d'ailleurs étaient maintenant bloqués et sur les tables de travail les smartphones vibraient à mesure que se succédaient des nouvelles, parfois contradictoires, immédiatement commentées par tout un chacun.

« C'est évident que le réchauffement climatique n'a rien d'une plaisanterie », déclarait d'un ton sentencieux une femme d'un service voisin qui quelques jours plus tôt se moquait des discours catastrophistes du jeune homme.

Appuyée contre l'encablure de la porte, un mug « *I love NY* » rose bonbon à la main, elle poursuivit :

« L'été dernier, un lac où je monte à chaque fois que je vais dans les Alpes avait diminué de moitié, une cascade était tarie et les lis martagon avaient déjà fané. Tout est complètement déglingué... »

Les autres la regardaient, cherchant dans leurs expériences personnelles de quoi renchérir – ou se demandant tout bonnement ce que pouvait bien être un lis martagon.

Le jeune homme, lui, ne disait rien, il se concentrait sur ses tableaux de calcul, tâchant d'oublier ses parents, Yoko, leur promenade solitaire dans le monde de Liotay la nuit de la mort de son père et le baiser qu'ils avaient failli échanger face à l'eau calme et scintillante du lagon.

Sur son écran soigneusement dissimulé à ses collègues, le total des sommes que l'on prévoyait d'engager pour le réaménagement du bureau du nouveau secrétaire d'État lui brûlait les yeux. Dans une situation de science-fiction qui, relayée par les médias du monde entier, semblait à tous ceux qui l'entouraient potentiellement annonciatrice d'une nouvelle crise, son chef de service venait de passer en sautillant lui demander d'accélérer les choses et d'insister, d'une voix basse et anxieuse, sur l'importance de ce dossier « particulièrement suivi ». Il songeait que l'on avait récemment refusé, pour des raisons budgétaires, de commander pour les employés du ministère un certain type de stylo-bille, que l'on continuait à imprimer en recto et en couleur certains documents pour une meilleure lecture et pour que la Marianne n'apparaisse pas en noir et blanc, et surtout qu'il se trouvait là aujourd'hui, alors qu'il était en congés, parce qu'il avait bêtement tenu à repasser une petite heure - bientôt trois en réalité - régler de fausses urgences entre deux trains avant l'enterrement de son père que tout le monde semblait oublier. Ces éléments mis bout à bout lui semblèrent soudain former un tableau si absurde que, sous l'œil consterné de ses collègues, il fut pris d'un violent fou-rire.

Yoko

Après le dîner, Jean-Claude s'était assoupi sur un transat. Yoko avait préparé le *ramen* de poisson que Yumi cuisinait quelques fois le dimanche à Paris – un plat qu'elle servait dans sa jeunesse aux chercheurs installés dans l'hôtel de son père.

La jeune fille nageait maintenant dans la piscine illuminée de l'intérieur. Elle tentait de reproduire les mouvements de sa mère, revivant les leçons de natation que celle-ci lui donnait sur la plage durant les vacances d'été, en métropole ou bien les années où ils étaient allés à

Hawaii, avant le décès de ses grands-parents. De son dernier voyage dans l'archipel en revanche, elle ne se rappelait rien, ni le soleil, ni le bleu de la mer, ni même le temple où reposaient les cendres de Yumi. Ce soir, tout en nageant, bercée par le rythme de ses mouvements et l'odeur de la nuit, Yoko sentait son esprit s'élever au-delà de son corps et elle s'imaginait, se regardait évoluer dans l'eau depuis le ciel piqué d'étoiles, ses cheveux noirs dansant comme des algues et ses bras projetés en avant se confondant avec le souvenir de ceux, fins et musclés, de sa mère.

Jean-Claude ne se réveilla pas lorsque la jeune fille sortit de la piscine. Enveloppée dans sa serviette, elle s'assit sur le sol encore tiède de la terrasse et le contempla. Le visage de son père avait laissé quelques traces minuscules sur le sien. Un peu du menton volontaire, de la largeur du front. Mais l'essentiel, elle le tenait de Yumi, elle le voyait bien dans son miroir, lorsqu'elle comparait leurs traits à l'aide de ses photographies. Et dans le regard embué de Jean-Claude également.

L'image de sa mère, étendue sur un lit blanc aux draps froissés, sans vie, s'imprimait de nouveau sur sa rétine. Dans le centre de soins palliatifs, on avait bien fait les choses. Des fauteuils verts et moelleux, des distributeurs de mouchoirs en papier sur de petites tables dans tous les couloirs. Un jardin en dessous, et quelques pigeons roucoulant, stupides, sur les toits de Paris. L'horreur de tout cela, de cet endroit conçu pour mourir et qu'elle comprenait - ce qui alors, bêtement, la rassurait - plus luxueux que d'autres. L'horreur de tout ce qu'elles ne pourraient pas voir, pas vivre ensemble.

Qu'allaient-ils devenir, son père et elle ? Lui obnubilé par ses recherches et elle, si jeune et pourtant déjà si vieille. Il avait beau prétendre que l'on verrait bientôt se développer des énergies propres et des techniques de soins miraculeuses, que pouvait-elle attendre de ce monde mis à part des guerres, des catastrophes en tout genre, la disparition de pays entiers, de plantes magnifiques et de nuées d'oiseaux ? Enfant, elle croyait en ce que disait son père, en son intelligence, en son enthousiasme, et donc en son pouvoir. Mais que pouvait-il changer au cours des choses ? Son amour n'avait pas suffi à sauver Yumi. Au moins ne vivrait-elle pas cela... Yoko songea à Andréa et se dit que lui aussi avait perdu espoir, et que c'était ce qui les rapprochait.

Jean-Claude émit un grognement, se retourna sur son transat. La jeune fille le regarda. Elle l'aimait tant. Elle s'en voulait. Sans bruit elle regagna la maison.

Andréa

La soirée touchait à sa fin et ils étaient assis face à face, gênés, dans la petite salle du seul café encore ouvert à cette heure près de la gare.

« Qu'est-ce que tu vas faire maintenant ? » demanda Constance.

Andréa la regarda sans véritablement saisir le sens de sa question.

« Ce que je vais faire de la maison ? de ma vie ? »

Il lui semblait avoir prononcé ces mots avec du défi, un reproche dans la voix comme s'il lui en voulait encore, et cela l'agaçait qu'elle s'en rende compte. Comme elle ne répondait pas il l'examina et trouva qu'elle avait vieilli. Le travail, la solitude, il ne savait pas. Cela d'ailleurs ne lui faisait ni chaud ni froid, et pas uniquement à cause de la mort de son père et de l'enterrement de ce matin. Il comprenait qu'elle n'avait pas vraiment compté pour lui. Devant ses yeux dansa un instant le visage de Yoko.

« Les deux, fit enfin Constance sur le même ton, rompant le charme.

– Et toi, demanda-t-il pour ne pas lui répondre, que vas-tu faire ? »

Elle haussa les épaules avec brusquerie et il en fut soulagé. Elle ne tenterait pas, évidemment, de recoller les morceaux. Il l'avait craint lorsque, prévenue par un ami, elle lui avait écrit qu'elle viendrait aux obsèques. Heureusement, elle ne faisait cela que par obligation.

« Je vais partir, dit-il finalement. Plus rien ni personne ne me retient ici. »

— Partir où ? »

Il regarda à travers la vitre un peu sale. En ce soir de printemps le jour semblait interminable mais le temps était gris, on attendait la pluie qui ne venait pas, elle n'était même pas tombée au cimetière. Constance le considérait sans rien dire, ils n'avaient sans doute jamais eu grand-chose en commun et le temps passé ensemble s'était comme effacé, les souvenirs avaient été emportés par la vie de tous les jours, une routine monotone, un manque de liberté pour l'espoir et l'imagination.

« Je vais vendre la maison, poursuivit-il. Au voisin de mon père.

— Je croyais que c'était un con.

— Justement. »

Elle le regarda en soupirant. Il hésita à lui expliquer, mais elle ne pouvait pas comprendre. Elle avait déjà oublié la dernière tempête, et même l'ouragan survenu, bien trop loin de chez eux, trois jours plus tôt. D'ailleurs les craintes véhiculées par la presse s'avéraient infondées, la centrale tenait le coup, du moins le disait-on, et les actualités se concentraient maintenant sur les élections cantonales.

« Et puisque tu pars, tu vas aller où ? » insista-t-elle.

Il haussa les épaules à son tour, avec un petit sourire.

« Tu ne me croirais pas », fit-il.

Dans le tableau

La douceur de l'eau enveloppait les jambes d'Andréa comme de la soie tandis que tâtonnant de la plante de ses pieds il tentait maladroitement d'éviter les rochers, d'avancer sans se blesser - vers les coraux, les anémones où se réfugient les poissons-clowns.

À travers l'onde transparente, il pouvait voir, déjà, légèrement déformés, les reflets bleus et les drôles de corps des petits balistes, les rayures des poissons-anges, le jaune vif des platax. Qu'une telle faune survive dans si peu d'eau lui paraissait un miracle. Cela lui rappelait l'aquarium de La Rochelle, et surtout, celui bien moins impressionnant de la Porte-Dorée, où sa mère l'emmenait, petit garçon, des années auparavant, à chacun de leurs passages à Paris. On y voyait des crocodiles dans une fosse, un énorme mérou, des poissons colorés comme des oiseaux. Il y était retourné une fois, cela n'avait pas beaucoup changé. Il avait très certainement raté sa vocation. Il aurait aimé devenir biologiste marin, ou bien photoreporter, au lieu de se retrouver aiguilleur de bordereaux et de bons de commande dans les couloirs tristes d'une république en déclin. Sauver les macareux, les baleines et les dauphins, donner aux autres de l'espoir ou du rêve. Même avec son propre père, il n'en avait pas été capable.

À l'horizon, derrière la barrière de corail frappée par l'écume, les couleurs de l'aube s'estompaient et le bleu de l'océan se fondait dans celui du ciel. Aucune terre, aucune voile. Mais dans l'eau il devinait tout un monde de cétacés, de requins et de tortues marines, de poissons des profondeurs aveugles et ternes, et de véritables jardins sur les rochers. Il inspira une grande bouffée de l'air chaud et humide du tableau de Liotay. Un air légèrement salé, empreint des parfums des plantes et des fleurs du rivage - une flore de jardin botanique, de musée, songea-t-il. Puis il tourna lentement sur lui-même pour apprécier, petit à petit, l'étendue de son domaine. La plage, le kiosque de bois, le chemin qui y menait, la végétation luxuriante dissimulant la maison où se reposait sa mère... Malgré la luminosité et le sable qui scintillait sous le soleil brûlant, son regard s'arrêta sur une fine silhouette vêtue de blanc. Son cœur battit plus fort. Depuis le rocher où elle était assise, Yoko qui l'attendait lui rendit son sourire.

La lune à l'envers

La nuit était fraîche. Au-dessus du jardin et de la piscine brillaient toujours une multitude d'étoiles, et un croissant de lune à l'envers.

Jean-Claude se réveilla, mal à l'aise sur sa chaise longue, démangé par les piqûres des moustiques et une migraine lancinante amplifiant les battements de son cœur contre ses tempes. Une serviette de bain traînait sur le transat à côté du sien, Yoko avait dû aller se coucher.

Dans le salon, il s'arrêta un instant devant le tableau de Liotay, pensant à Yumi. Il lui semblait en avoir rêvé, de ce tableau. Ou de l'île inondée. Et de sa fille. Il ne se souvenait plus très bien. Il remit machinalement en place une chaise que l'on avait déplacée, et prit un cachet de paracétamol dans la salle de bains avant d'aller se coucher. Il ne se doutait pas que, dans la chambre voisine de la sienne, le lit de Yoko était vide et que les draps n'étaient pas défaits.

Alors qu'il s'endormait il songea, comme souvent, que la vie était belle et que cela valait tout de même le coup de continuer, coûte que coûte, à planter des coraux dans l'océan.

Remerciements

Parmi les très nombreuses personnes qui ont alimenté la réflexion menant à ce livre, je tiens à citer ma mère, mes deux oncles forestiers - Bernard F. et Bernard D. - et, bien sûr, les habitants de cette si belle île de La Réunion. Je n'oublie pas les autres, la liste serait trop longue...

Parmi ceux qui, plus tard, m'ont convaincue, parfois sans s'en douter, de ressortir le manuscrit de son tiroir: François C., Xavier L., Alexandre M. et surtout Jean-Claude Biard qui, amoureux des livres, prenait le risque de voir un jour son nom figurer dans l'un des miens. Une pensée aussi pour Ousmane.

Merci enfin à Julien Brocard et à toute l'équipe des Éditions Le Pommier d'avoir cru en ce texte.

Cet ouvrage a été mis en pages
par Soft Office

Imprimé en France
par DUPLIPRINT
733, rue Saint-Léonard, 53100 Mayenne
juin 2023 - N° 2982699D

DUPLIPRINT est titulaire du label imprim'vert®